TYWYLLWCH Y FFLAMAU

Tywyllwch y Fflamau

Alun Davies

ISBN: 978 1 80099 619 9
Argraffiad cyntaf: 2024

© Alun Davies a'r Lolfa Cyf., 2024

Mae Alun Davies wedi datgan ei hawl dan
Ddeddf Hawlfraint, Dyluniadau a Phatentau 1988
i gael ei gydnabod fel awdur y llyfr hwn.

Cedwir pob hawl. Ni chaniateir atgynhyrchu unrhyw
ran o'r cyhoeddiad hwn, na'i gadw mewn cyfundrefn
adferadwy, na'i drosglwyddo mewn unrhyw ddull na
thrwy unrhyw gyfrwng, electronig, electrostatig, tâp
magnetig, mecanyddol, ffotogopïo, recordio nac fel arall,
heb ganiatâd ysgrifenedig ymlaen llaw gan y cyhoeddwyr,
Y Lolfa, Talybont, Ceredigion, Cymru.

Mae'r prosiect Stori Sydyn/Quick Reads yng Nghymru
yn cael ei gydlynu gan Gyngor Llyfrau Cymru
a'i gefnogi gan Lywodraeth Cymru.

Argaffwyd a chyhoeddwyd gan
Y Lolfa, Talybont, Ceredigion SY24 5HE
gwefan www.ylolfa.com
e-bost ylolfa@ylolfa.com
ffôn 01970 832 304

1

Mis Ionawr, 1693

Tapleyville, Massachusetts

Mae merch ifanc yn sefyll ar goelcerth.

Mae ganddi raffau o'i chwmpas i'w stopio rhag symud. Rhaffau llwyd, garw wedi eu tynnu'n dynn am ei chanol a'i breichiau, yn ei chlymu hi at y polyn pren cadarn y tu ôl iddi. Mae'n bolyn trwm, trwchus, gyda hen farciau llosg du drosto.

Dim ond hanner wyneb y ferch sydd i'w weld, wedi ei oleuo gan y fflamau. Mae'n edrych fel petai yn ei harddegau hwyr, a'i gwallt tywyll hir yn hongian mewn clymau dros ei hysgwyddau. Hen ffrog hir sydd amdani – un lwyd gyda baw drosti, ac un o'r llewys wedi rhwygo.

Mi allai hi fod yn ferch brydferth, ond mae'n anodd peidio gweld yr emosiynau sy'n glir ar ei hwyneb.

Ofn.

Pryder.

Poen.

Arswyd.

Er ei bod wedi dechrau nosi mae trigolion pentref Tapleyville wedi dod allan i wylio. Mae ugain yn sefyll mewn hanner cylch o gwmpas y goelcerth. Deuddeg dyn, pob un mewn het uchel a chlogyn. Tri phlentyn yn chwarae ar y llawr. Pum dynes yn gwisgo ffrogiau hir, syml – mae'r ferch ar y goelcerth yn edrych yn dlawd ac yn druenus o'u blaenau nhw.

Un syml yw'r goelcerth, yn ddim mwy na phentwr mawr o ganghennau o'r goedwig a bocsys wedi eu chwalu.

Ond mae'r tân wedi gafael.

Mae'r coch a'r oren wedi llyncu'r brigau mân yn y canol ac yn dechrau gwthio am i fyny. Mae mwg tywyll yn codi'n drwchus. Cyn hir mi fydd tafodau'r fflamau'n esgyn yn uwch ac yn uwch... yn chwilio am y ferch.

Dydi'r gynulleidfa ddim yn mynd i adael yn fuan. Mi fyddan nhw'n aros i wylio'r cwbl.

Mae'r fflamau'n cyrraedd traed y ferch ar y goelcerth. Yn dringo i fyny ei choesau. Yn ei llyncu hi i gyd.

Bydd y boen yn annioddefol. Os ydi'r ferch yn lwcus mi wneith hi lewygu. Os na, bydd yn rhaid i'r gynulleidfa ddioddef ei sgrechian nes bod yr aer poeth yn llenwi ei hysgyfaint ac yn ei thagu.

Cyn hir, bydd y fflamau'n llosgi trwy'r rhaff a bydd y ferch yn disgyn i'r tân.

A dyna fydd diwedd yr olygfa ddiawledig yma yn Tapleyville, Massachusetts.

2

WRTH STRAFFAGLU I DYNNU ei got drwchus, pwysodd Ditectif Bedwyr Campbell ymlaen dros ei ddesg i astudio'r nodyn oedd yn aros amdano. Gwelodd yn syth o'r llawysgrifen taw ei hen gyfaill Sarjant Tomos Jones-Tomos oedd yr awdur. Darllenodd Bedwyr y neges sawl gwaith, yn ceisio deall y llythrennau bach, blêr.

Oriel Bangor isie i ti ffonio 'nôl. Isie siarad am rywbeth o'r enw Tywyllwch y Fflamau?

Ar waelod y darn o bapur roedd rhif ffôn wedi ei nodi, a'r cod ardal yn dangos ei fod yn rhif rhywle ym Mangor.

Eisteddodd Bedwyr o flaen y ddesg, ei gadair yn cwyno wrth gymryd ei bwysau sylweddol, ac ystyriodd y neges. Tywyllwch y Fflamau? Roedd hynna'n... be mae'r Saeson yn ei alw fe? *Blast from the past?* Ie wir – doedd e heb feddwl am yr achos yna ers blynyddoedd bellach.

Wrth iddo bendroni, estynnodd Bedwyr ei law am y pecyn y daeth gydag e i'r swyddfa. Roedd tua maint dwy nofel drwchus, ac ar ôl ei osod yn ofalus ar y ddesg o'i flaen aeth Bedwyr ati i rwygo'r papur gwyn oedd yn ei lapio. Cododd arogl hyfryd selsig a wyau wedi ffrio i'w ffroenau, ac arhosodd Bedwyr am eiliad i'w fwynhau. Edrychodd ar y tair frechdan fawr wedi eu pentyrru un ar ben y llall, a'r saim yn cymysgu gyda'r sos coch ac wedi ei amsugno i mewn i'r bara gwyn.

Tony, meddyliodd Bedwyr, ti'n feistr ar dy grefft.

Ym marn Bedwyr, brechdanau seimllyd Caffi Tony oedd y brechdanau gorau yn Aberystwyth, os nad yng ngorllewin Cymru gyfan. Doedd dim pawb yn cytuno wrth gwrs, a sawl un yn gwrthod mynd ar gyfyl y lle. Wedi'r cwbl, doedd y 'caffi' yn ddim byd ond hen fan wedi ei pharcio yn y stad ddiwydiannol ar y ffordd i mewn i'r dre, a dim arwydd o sgôr hylendid yn agos iddi. Ond i Bedwyr, oedd wedi gwneud tipyn o ymchwil i frechdanau'r ardal, Tony oedd y brechdan-feistr, a byddai Bedwyr yn galw heibio o leiaf dair gwaith bob wythnos cyn dechrau ei shifft yng ngorsaf yr heddlu.

Sylwodd fod Ditectif Amy Skimming, oedd yn eistedd ar y ddesg nesaf ond un, yn edrych arno'n eiddigeddus wrth iddo godi'r frechdan gyntaf i'w geg. Roedd Amy, fel Bedwyr, yn mwynhau ei bwyd, ond yn wahanol i Bedwyr byddai hi'n gwneud ei gorau i gydbwyso hynny gydag ychydig o ymarfer corff a bwyta'n iach.

"Caffi Tony?" gofynnodd Amy.

"Wrth gwrs," atebodd Bedwyr, gan wthio'r frechdan i'w geg a chynnig y nesaf iddi. Edrychodd hithau arni'n awchus am sawl eiliad cyn ysgwyd ei phen.

"Dim diolch," dywedodd, er bod ei llygaid yn dweud stori wahanol. "Ond aros funud... ddylet ti fod yn byta'r stwff 'na? Dim fory ma dy brawf meddygol di?"

Gyda'i geg yn llawn, ochneidiodd Bedwyr trwy ei drwyn. Roedd wedi anghofio'n gyfan gwbl am y prawf roedd gofyn i bob aelod o'r heddlu ei wneud unwaith y flwyddyn. Fel rhywun oedd o leiaf wyth stôn yn drymach nag y dylai fod, doedd dim gobaith ganddo basio'r prawf, wrth gwrs. *Morbidly obese*, dyna ddwedodd ei ddoctor y tro diwethaf buodd yn ei weld. *Lot llai o takeaways a lot mwy o ymarfer corff sydd eisiau arnoch chi, Mr Campbell.* Ond anwybyddu'r cyngor yma wnaeth Bedwyr, fel y gwnaeth droeon o'r blaen. 'Bwyta be lici di a marwa pan ddylet ti' – dyna oedd ei farn e, gan olygu dim dal 'nôl ar y brechdanau o Gaffi Tony na'r cwrw nos Lun gyda'r tîm darts. Ond byddai'n rhaid iddo feddwl am ffordd i osgoi'r prawf yfory, rhywsut, meddyliodd Bedwyr, heb boeni'n ormodol. Wedi'r cwbl, roedd wedi llwyddo i wneud hynny ers saith mlynedd bellach.

Gan hanner meddwl am esgusodion posib, cymerodd lond ceg arall o'i frechdan, a throi'n ôl at y nodyn ar ei ddesg.

Isie siarad am rywbeth o'r enw Tywyllwch y Fflamau?

Llun oedd *Tywyllwch y Fflamau*, cofiodd Bedwyr, gan gnoi'n feddylgar. Llun gwerthfawr iawn a gafodd ei ddwyn o gasgliad deliwr celf lleol, rhyw ddeg mlynedd yn ôl erbyn hyn. Ond nid lladrad yn unig oedd yr achos, gan i gorff marw'r deliwr celf gael ei ddarganfod o flaen y man gwag ar y wal lle buodd y llun yn hongian. Cofiodd Bedwyr, fel un o'r rhai a weithiodd ar yr achos, taw'r amheuaeth ar y pryd oedd fod y perchennog wedi cael ei ladd ar ôl digwydd dod ar draws y lleidr.

Nawr, beth oedd ei enw fe? Roedd e'n dechrau gyda F... Filton? Felsett?

Cafodd neb ei ddal am y lladrad na'r farwolaeth ar y pryd. Cyn belled â bod Bedwyr yn gwybod roedd yr achos yn dal i fod ar agor, er bod neb wedi gweithio arno ers sawl blwyddyn.

"Amy?" gofynnodd Bedwyr, ei geg yn llawn stwnsh o fara a phethau wedi ffrio. "Ti'n cofio'r achos yna flynyddoedd yn ôl – y deliwr celf gafodd ei ladd a'r llun ei ddwyn? Beth oedd enw'r boi?"

"Flitcroft, yndife?" atebodd Amy, gan geisio osgoi edrych ar Bedwyr, a'i geg fel cymysgwr sment. "Montgomery Flitcroft."

Flitcroft! Ie, dyna fe.

Roedd cof da gan Bedwyr, ac fel arfer byddai'r enw wedi bod ar flaen ei dafod, ond mi *oedd* hi'n fore dydd Mawrth.

Doedd Bedwyr byth ar ei orau ar fore dydd Mawrth.

Roedd Bedwyr yn aelod ffyddlon o dîm darts ei dafarn leol, a nos Lun oedd y noson pan fyddai e a chwaraewyr eraill tîm y Feathers yn herio un o'r tafarndai eraill. Anaml fyddai'r Feathers yn ennill, a Bedwyr fyddai'r cyntaf i gyfaddef ei fod yn chwaraewr darts gwael, ond roedd yn esgus da i sgwrsio, chwerthin ac i yfed lot fawr o gwrw gyda'i ffrindiau. Roedd Bedwyr yn mwynhau ei nosweithiau Llun, er eu bod nhw'n aml yn arwain at foreau Mawrth mwy... heriol.

Ddeg munud yn ddiweddarach roedd Bedwyr wedi gorffen y tair brechdan, wedi golchi'r saim oddi ar ei fysedd ac wedi 'nôl cwpanaid fawr o goffi cryf o'r gegin. O'r diwedd roedd yn teimlo'n barod i wynebu'r diwrnod.

Cododd y ffôn ar ei ddesg gyda'r bwriad o ddychwelyd galwad yr oriel ym Mangor, ond oedodd am eiliad a rhoi'r ffôn yn ôl yn ei grud. Efallai byddai'n well iddo atgoffa ei hun o'r achos yn gyntaf, meddyliodd.

Gan gymryd cegaid fawr o'i goffi arhosodd Bedwyr i'w gyfrifiadur ddihuno, cyn agor rhaglen HOLMES, oedd yn cynnwys manylion pob achos drwy Brydain gyfan ers degawdau. Teipiodd enw Montgomery Flitcroft i'r blwch chwilio ac ymddangosodd manylion yr achos ar y sgrin yn syth. Pwysodd Bedwyr ymlaen, ei benelinau ar y ddesg a'i gwpan coffi yn ei law, a dechreuodd ddarllen.

3

TREULIODD BEDWYR HANNER AWR yn mynd trwy bopeth oedd gan HOLMES i'w gynnig, gan orffen gyda'r adroddiad fforensig hir, sych nad oedd yn datgelu unrhyw beth o werth.

Yn fras, roedd Montgomery Flitcroft yn arbenigwr celf oedd wedi gwneud ei ffortiwn yn prynu a gwerthu lluniau gwerthfawr gan rai o artistiaid mwyaf enwog y byd am dros hanner canrif. Ar ôl gyrfa hir a llwyddiannus penderfynodd Flitcroft, oedd erbyn hynny yn ei wythdegau, symud i ardal Aberystwyth. Fe brynodd dŷ mawr, drud yn Ynys-las, gyda golygfeydd dros Fae Ceredigion, a llenwodd yr ystafelloedd gyda'i gasgliad personol o luniau.

Roedd Flitcroft yn berchen ar sawl darn gwerthfawr, gan gynnwys un Klimt ac un Matisse, ond y perl yn ei gasgliad oedd *Tywyllwch y Fflamau*, llun gan artist o'r Iseldiroedd o'r enw Maritje den Haan. Roedd y darn yma'n enwog ar hyd a lled y byd celf, ac yn dangos merch ifanc yn cael ei llosgi ar goelcerth ym mhentref Tapleyville yn

Massachusetts ar ddiwedd yr ail ganrif ar bymtheg.

Ar fore'r 3ydd o Fawrth 2014 daethpwyd o hyd i Montgomery Flitcroft yn gelain ar lawr ei gartref, gydag anaf difrifol i gefn ei ben, a *Tywyllwch y Fflamau* wedi diflannu. Amheuaeth yr heddlu oedd fod Flitcroft wedi cael ei ladd wrth geisio stopio rhywun rhag dwyn ei lun, efallai ar ôl cael ei dwyllo i wahodd y lleidr i'r tŷ gan fod dim difrod i'r drysau na'r ffenestri i awgrymu lladrad. Cafodd ymholiadau manwl eu gwneud i isfyd Aberystwyth yn ogystal â'r byd celf, ond heb unrhyw lwc – daeth dim gwybodaeth gadarn i'r golwg ynglŷn â lleoliad y llun na'r lleidr. Doedd neb yn gwybod unrhyw beth.

Wrth i Bedwyr gau HOLMES ar ei gyfrifiadur gwelodd Sarjant Tomos Jones-Tomos, awdur y nodyn, yn cerdded drwy'r swyddfa, a galwodd allan ato.

"Tom!"

Stopiodd y sarjant, cyn troi a cherdded yn frysiog at ddesg Bedwyr. Roedd Tomos yn creu'r argraff ei fod yn brysio i bob man.

"Sut wyt ti, Bedwyr?" gofynnodd. "Sut ddaethoch chi mlaen neithiwr?"

Roedd Tomos yn aelod o dîm darts yr Angor,

un o dimau gorau'r ardal, ac felly mi fyddai yntau hefyd yn treulio'i nosweithiau Llun mewn tafarndai.

"Colli yn erbyn y George," atebodd Bedwyr. "Beth amdanoch chi?"

"Ennill. Fel pob tro." Gwenodd Tom yn gyfeillgar wrth ateb.

Yn wahanol i dîm y Feathers, roedd yr Angor yn cymryd eu darts o ddifrif. Doedd Tomos a sawl un o'i gyd-chwaraewyr ddim yn yfed, hyd yn oed, ac roedd hynny'n esbonio pam eu bod nhw'n ennill a hefyd pam nad oedd Tomos yn dioddef fel Bedwyr bob bore dydd Mawrth.

"Wel, fel'na mae," aeth Bedwyr yn ei flaen. "Ti adawodd y nodyn yma, ie?"

"Ie, dyna ti," atebodd Tomos. "Ffoniodd e peth cynta heddiw. Ddwedes i wrtho fe i gysylltu efo heddlu Bangor, ond roedd e'n benderfynol o siarad gyda rhywun oedd wedi gweithio ar achos Montgomery Flitwell."

"Flitcroft," cywirodd Bedwyr. "A dyna'r cwbl ddwedodd e? Ei fod e isie sgwrs ynglŷn â *Tywyllwch y Fflamau*?"

"Dyna'r cwbl," atebodd Tomos. "Nawr, esgusoda fi, Bedwyr, ma'n rhaid i mi fynd."

A gyda hynny brysiodd y sarjant i ffwrdd.

4

Edrychodd Malcolm Cadwaladr yn y drych bach roedd yn cadw yn ei ddesg, a defnyddio blaen ei fys i dacluso blewyn o'i fwstásh, cyn rhoi'r drych yn ôl yn ei ddrôr.

Malcolm oedd yr unig un yn yr oriel, ond doedd hynny ddim yn golygu na fyddai rhywun yn cerdded trwy'r drws unrhyw funud. Roedd Malcolm yn teimlo dyletswydd i edrych ei orau drwy'r amser – wedi'r cwbl, roedd ei gwsmeriaid yn bobl oedd yn gwerthfawrogi pethau prydferth. Wrth reswm, mi fydden nhw'n llai tebygol i'w prynu gan rywun oedd â'i fwstásh dros y lle i gyd.

Roedd Oriel Bangor wedi ei lleoli yn yr un adeilad ers i Malcolm ei sefydlu bron i ugain mlynedd yn ôl, ac roedd wedi gweld tipyn o fusnesau'n mynd a dod ar y stryd yn y cyfnod hwnnw. Erbyn heddiw roedd siop goffi organig ar un ochr i'r oriel a bwyty figan ar yr ochr arall, ac ar y cyfan roedd Malcolm yn hapus gyda hynny – teimlodd fod y rhain y math o lefydd fyddai'n denu gwell safon o gwsmer i'r stryd a, gobeithio, i'r oriel.

Rhoddodd Malcolm naid fach wrth i'r ffôn o'i flaen ganu yn annisgwyl. Estynnodd ei law i'w godi, gan glirio ei lwnc a rhoi'r un cyfarchiad y buodd yn ei ddefnyddio ers dau ddegawd.

"Bore da, Oriel Bangor. Good morning, Bangor Gallery."

"Ie, helô, bore da," daeth yr ateb, gan lais doedd Malcolm ddim yn ei adnabod. "Ditectif Bedwyr Campbell sydd yma, o orsaf heddlu Aberystwyth. Dwi'n dychwelyd eich galwad?"

Teimlodd Malcolm ei galon yn cyflymu gyda'r cyffro – anaml y byddai'n gorfod delio gyda'r heddlu.

"O, diolch yn fawr, Ditectif Campbell," dywedodd. "Mae'n ddrwg gen i'ch trafferthu. Malcolm ydw i, gyda llaw, Malcolm Cadwaladr – ond meddwl oeddwn i y byddai beth sydd gen i i'w ddweud o ddiddordeb i chi."

Gyda hynny, aeth Malcolm yn ei flaen i esbonio digwyddiad rhyfedd y diwrnod cynt.

Roedd wedi bod yn ddiwrnod gweddol lwyddiannus ar y cyfan – gwerthodd dirlun gan artist ifanc lleol, a chafodd dipyn o ddiddordeb yn y darn gan Giorgio Morandi oedd newydd gyrraedd. Ond yna, ychydig funudau cyn pump o'r gloch, a Malcolm yn dechrau meddwl am gau'r oriel, agorwyd y drws a chamodd dyn canol oed i mewn. Roedd yn gwisgo siwt dywyll, rad a het ryfedd, gydag ymyl lydan oedd bron â disgyn dros ei wyneb. Roedd yr hyn o'i wallt oedd i'w weld o dan yr het yn flêr ac yn seimllyd.

"Prynhawn da. Ydych chi'n chwilio am unrhyw beth arbennig?" roedd Malcolm wedi gofyn. Sylwodd fod y dyn yn edrych o'i gwmpas yn nerfus, a bod ei ddwylo'n crynu.

"Dwi isie... ydych chi'n prynu lluniau?" gofynnodd y dyn, gan faglu dros ei eiriau. "Mae gen i lun... i'w werthu."

Ochneidiodd Malcolm yn dawel bach iddo'i hun. O bryd i'w gilydd byddai artistiaid lleol yn dod i'r oriel i drio gwerthu eu lluniau, ond anaml iawn y byddai'r hyn oedd ganddyn nhw i'w gynnig o ddiddordeb iddo. Rhaid bod y dyn ar bwys y drws wedi gweld hyn yn llygaid Malcolm, gan iddo fynd ati i egluro'n syth.

"Dim un o'n lluniau i," dywedodd. "Hen lun." Edrychodd o'i gwmpas eto. "Ydych chi wedi clywed am *Tywyllwch y Fflamau*? Gan Maritje den Haan?"

Wrth gwrs, fe ddaliodd hyn sylw Malcolm, gan ei fod yn gwybod yn iawn beth oedd hanes y darn arbennig yna. Tynnodd y dieithryn ffôn o'i boced a dangos ffotograffau di-ri iddo – rhai'n dangos y llun cyfan ac eraill yn canolbwyntio ar rannau arbennig, fel wyneb y ferch ar y goelcerth, a llofnod yr artist. Teimlodd Malcolm ei hun yn cynhyrfu. Roedd hi'n anodd bod yn sicr, ond roedd yr hyn a welodd yn y ffotograffau yn bendant yn edrych fel y llun go iawn.

A'r cynnwrf yma achosodd i Malcolm wneud ei gamgymeriad.

Gan astudio'r dyn yn ofalus, gofynnodd sut daeth y llun i'w eiddo. Esboniodd iddo os taw hwn oedd y llun gwreiddiol yna roedd yn gysylltiedig â llofruddiaeth, a byddai angen hysbysu'r heddlu amdano'n syth. Ymateb y dyn i hyn oedd i stwffio ei ffôn yn ôl yn ei boced gan fwmian rhywbeth yn frysiog, cyn troi ar ei sawdl a dianc o'r oriel cyn gynted ag y gallai.

"Wrth gwrs," dywedodd Malcolm, wrth orffen adrodd ei stori wrth y ditectif oedd yn dal i wrando ar ben arall y lein. "Dwi'n gwybod nawr y dylwn i ddim fod wedi codi ofn arno wrth sôn am yr heddlu. Dwi'n amau na fydd e'n dod 'nôl, mae arna i ofn. Ond meddwl oeddwn i y dylwn i adael i chi wybod, rhag ofn ei fod e'n berthnasol i farwolaeth Monty."

"Monty?" gofynnodd y ditectif, gan sylwi ar ei ffordd gyfarwydd o sôn am Flitcroft. "Oeddech chi'n nabod Mr Flitcroft yn dda cyn iddo farw, Mr Cadwaladr?"

"Oeddwn, yn weddol dda," atebodd Malcolm. "Mae'r byd celf yn fyd eitha bach, welwch chi. Mi fyddwn i'n gweld Monty yn yr un ocsiynau a lansiadau, ac mi fydden ni'n sgwrsio."

"Ac ynglŷn â'r llun, *Tywyllwch y Fflamau*, ydych chi'n amau taw'r gwreiddiol oedd yn y ffotograffau?"

Ochneidiodd Malcolm.

"Mae'n amhosib bod yn siŵr," atebodd, "a dydw i ddim yn arbenigwr ar luniau den Haan. Ond petawn i'n gorfod dweud, fyswn i'n tybio taw hwnna oedd y llun gwreiddiol, neu o leia yn gopi arbennig o dda."

Aeth y lein yn dawel am sawl eiliad wedi hynny, cyn i'r ditectif siarad eto.

"Dwi'n meddwl taw'r peth gorau i'w neud," dywedodd, "yw i fi ddod lan atoch chi. Fe hoffwn i ddangos lluniau o gwpwl o bobl i chi, ac edrych ar eich CCTV chi. Mae ganddoch chi CCTV, dwi'n cymryd?"

"Oes, wrth gwrs," atebodd Malcolm. "Ond dwi ddim yn gwybod faint o'i wyneb welwch chi o dan yr het ryfedd yna oedd ganddo fe. Mi alla i ebostio'r fideo i lawr atoch chi i safio'r siwrne…"

"Na, na," torrodd y ditectif ar ei draws. "Dim o gwbl, mi ddo i i'ch gweld chi. Fydde fory yn siwtio?"

Dwy funud yn hwyrach rhoddodd Malcolm Cadwaladr ei ffôn ar y ddesg a gwneud nodyn bach taclus yn ei ddyddiadur am y diwrnod canlynol – *11yb, Ditectif Campbell.*

5

Ychydig cyn hanner awr wedi wyth y bore wedyn eisteddai Bedwyr yn ei gar, ei fysedd yn chwarae rhythm ar yr olwyn fel cyfeiliant i gerddoriaeth Beethoven – y bedwaredd symffoni, a bod yn fanwl – oedd yn chwarae ar y system sain. Fyddai'r rheini oedd yn adnabod Bedwyr fel dyn oedd yn chwarae mewn tîm darts ac yn prynu ei frechdanau o fan yn synnu i glywed ei fod yn hoff o gerddoriaeth glasurol, ac yn synnu'n fwy i ddeall ei fod yn wybodus iawn am y pwnc. Beethoven oedd ei ffefryn yn y bore, er, byddai Carulli yn gwneud y tro hefyd. Yna Lowe neu Schubert yn y prynhawn, a rhywbeth fel Chopin gyda'r hwyr. Ond dim Mozart – roedd gas ganddo Mozart.

Roedd Bedwyr wedi codi'n gynnar a chael brecwast sylweddol i'w baratoi at y siwrnai – dwy bowlen fawr o uwd a sawl darn o dost gwyn trwchus yn diferu gan fenyn hallt. Ac roedd wedi gwneud yn siŵr i fynd â banana a bisgedi siocled gyda fe, rhag ofn iddo fynd yn llwglyd ar y ffordd.

Gwenodd wrth gofio am ymateb Casi-Ann Morgan, Prif Arolygydd yr adran dditectifs, pan esboniodd iddi ddoe am ei daith i Fangor, a bod hynny'n meddwl y byddai'n gorfod colli'r prawf ffitrwydd y diwrnod wedyn.

"O, dyna siom," roedd Casi-Ann wedi dweud, gan godi ei haeliau wrth wrando ar y stori. "Mae mor anffodus, yn dydi? Bob blwyddyn mae rhywbeth yn dy stopio di rhag cymryd y prawf."

Codi ei ysgwyddau wnaeth Bedwyr gyda gwên ar ei wyneb. Esboniodd ei fod yn dilyn trywydd newydd mewn achos llofruddiaeth, a'i fod yn bwysig i'w ymchwilio'n fanwl cyn gynted â phosib.

Roedd Casi-Ann a Bedwyr wedi adnabod ei gilydd ers blynyddoedd maith, ac er nad oedd y naill yn ystyried y llall yn ffrind agos, roedd yna ddealltwriaeth wedi ei seilio ar barch proffesiynol rhwng y ddau. Bedwyr oedd y ditectif gorau yn yr adran, yng ngolwg ei brif arolygydd, tra'i fod e'n gwerthfawrogi'r holl waith roedd Casi-Ann yn ei wneud wrth ddelio gyda chyllidebau, polisïau, adroddiadau ac ati, gan adael iddo yntau wneud y gwaith ditectif.

"Ond," aeth Casi-Ann yn ei blaen, "gan dy

fod di'n mynd, cer â Daf Parker gyda ti. Mi fydd yn brofiad da iddo fe."

Sarjant newydd oedd Daf Parker, wedi symud i'r adran dditectif o fod mewn iwnifform, a doedd Bedwyr ddim yn ei adnabod yn dda. Er gwaetha hynny, cytunodd yn syth – unrhyw beth i sicrhau y câi osgoi'r prawf ffitrwydd.

Ac felly, y bore wedyn, gyda phedwaredd symffoni Beethoven yn dod i ben ar y system sain, gwyliodd Bedwyr wrth i ddrws un o'r tai roedd wedi parcio o'u blaenau agor. Llifodd y golau o'r tŷ i'r stryd, a chamodd dyn ifanc allan yn gwisgo cot drwchus, werdd ac yn cario bag yn ei law. Trodd i roi cusan i ddynes ifanc oedd yn sefyll yn y drws, cyn cerdded yn frysiog at y car.

6

"Bore da, syr," dywedodd Daf wrth glipio ei wregys diogelwch. Roedd y car yn gynnes braf ar ôl iddo gerdded drwy'r gwynt oer. Gwthiodd ei wallt cyrliog o'i lygaid, oedd yn dal i fod fymryn yn wlyb o'r gawod. Rhwng paratoi brecwast i Alys, ei ferch fach, a mynd allan i redeg, roedd wedi gorfod brysio i gael ei hun yn barod. "Dy'ch chi ddim wedi bod yn aros yn hir, gobeithio?"

Er ei fod yn ceisio peidio dangos hynny, roedd Daf yn diawlio'i hun am fethu bod yn barod ar amser. Wedi'r cwbl, dyma oedd ei gyfle i wneud argraff gyntaf dda ar un o brif dditectifs ei adran newydd.

"Ddim o gwbl, Daf bach," atebodd Bedwyr gan lywio'r car allan i'r lôn a dechrau'r siwrnai am y gogledd, ac ymlaciodd Daf i'w sedd. Gydag un llaw ar yr olwyn, estynnodd y dyn mawr baced o Digestives siocled i'w gyfeiriad. "Bisged?" gofynnodd.

Gwrthododd Daf yn gwrtais – roedd hi braidd yn gynnar i ddechrau bwyta bisgedi, meddyliodd – gan wylio'r ditectif yn cymryd tair o'r pecyn a'u gwthio nhw i gyd i'w geg gyda'i gilydd.

Bu tipyn o fân siarad yn y car ar gychwyn y siwrnai. Dangosodd Bedwyr ddiddordeb ym mywyd Daf, yn gofyn am ei deulu a'r hyn y byddai'n ei wneud y tu allan i'r gwaith. Siaradodd Daf am Alys a'i wraig Ceri, a sut ei fod yn paratoi at ras triathlon y mis nesaf, a gwelodd y ditectif mawr yn cyffroi'n sydyn wrth iddo sôn ei fod hefyd yn mwynhau coginio. Aeth y sgwrs yn ei blaen gyda'r ddau'n rhestru eu hoff brydau, a'r llefydd i fwyta yn yr ardal. Y Summer Palace, yn ôl Bedwyr, oedd yn gwneud y bwyd Tsieineaidd gorau, tra bod Daf yn ffafrio'r Golden Dragon, ond roedd y ddau yn gytûn taw'r Star of Bengal oedd y lle i fynd am gyrri. Gorfododd Bedwyr i Daf addo y byddai'n ymweld â Chaffi Tony yn fuan i flasu ei frechdanau.

"Syr," gofynnodd Daf ar ôl rhyw hanner awr, wrth i'r car basio heibio twr y cloc yng nghanol Machynlleth, "allwn ni drafod cefndir yr achos 'ma? Diflaniad *Tywyllwch y Fflamau*, a marwolaeth Montgomery Flitcroft? Dwi wedi darllen y ffeil, wrth gwrs, ond byddai'n dda deall mwy, chi'n gwbod, gan rywun oedd yno ar y pryd."

Gan ddal i yrru, estynnodd Bedwyr am fanana a mynd ati i dynnu'r croen. Wrth ei bwyta, rhoddodd hanes cyfan yr achos i Daf.

Roedd Montgomery Flitcroft wedi symud i ardal Aberystwyth o Gaerdydd ar ôl ymddeol o yrfa fel deliwr celf llwyddiannus iawn. Yn ôl pawb oedd yn ei adnabod yn Aberystwyth – a doedd hynny ddim yn lot o bobl – roedd e'n ddyn preifat, yn hapus i gadw ato fe'i hun a threulio'i amser adref gyda'i gasgliad o luniau gwerthfawr. Roedd yn byw ar ei ben ei hun yn Ynys-las, heb ryw lawer o ymwelwyr, a dim ond dau berson arall oedd yn galw heibio'n lled aml – glanhawraig yn ei saithdegau o'r enw Miss Lyons oedd yn dod draw bob wythnos i gadw trefn ar y lle, a Nathaniel Bryce, dyn ifanc oedd yn gweithio fel rhyw fath o ysgrifennydd iddo.

Oni bai am Flitcroft ei hun, dim ond Lyons a Bryce oedd ag allwedd i'w dŷ. Gan fod dim arwyddion amlwg fod unrhyw un wedi torri i mewn, canolbwyntiodd yr heddlu eu sylw arnyn nhw ar gychwyn yr achos.

Roedd hi'n amlwg yn eithaf buan nad oedd gan Miss Lyons ryw lawer i'w gyfrannu. Roedd hi ar wibdaith Clwb Henoed Ceredigion i Efrog pan fuodd Flitcroft farw, a hanner cant o dystion ganddi yn mynnu nad oedd hi unman yn agos i Aberystwyth. Ar ben hynny, fel dynes fach hŷn gyda phroblemau iechyd, roedd yr heddlu'n amau a oedd ganddi'r cryfder i drywanu Flitcroft a'i ladd. Y cwbl y medrai Miss Lyons ddweud, a hithau ddim ond newydd ddechrau yn y swydd rai misoedd ynghynt, oedd fod ei chyflogwr yn dawel ac yn gwrtais, yn ei thalu'n brydlon ac yn ei thrin yn deg. Doedd ganddi ddim syniad am ei gasgliad o luniau, na chwaith yn gallu meddwl am unrhyw un fyddai eisiau eu dwyn.

Roedd Nathaniel Bryce, ar y llaw arall, yn adnabod ei gyflogwr yn well. Roedd Flitcroft yn gwneud rhywfaint o waith ymgynghori a darlithio, felly Bryce oedd yng ngofal ei ddyddiadur, a byddai'n galw i'w weld bron bob dydd er mwyn delio gydag unrhyw lythyron ac ati.

"Y dyn Bryce yma ddaeth o hyd i'r corff, yndife?" gofynnodd Daf, yn awyddus i ddangos ei fod wedi astudio cefndir yr achos.

"Ie, dyna ti," atebodd Bedwyr. "Fe wnaeth e adael ei hun i mewn i'r tŷ un bore, ac ar ôl methu cael ateb gan Flitcroft fe aeth i chwilio amdano, a dod o hyd i'r corff yn y stafell lle roedd y prif gasgliad o luniau'n cael ei gadw."

"Oni bai am *Tywyllwch y Fflamau*, erbyn hynny," ychwanegodd Daf.

"Yn union. Fe sylwodd Bryce yn syth, a sôn am hynny pan ffoniodd e'r heddlu."

"A dyna pam wnaethoch chi ddechrau amau Nathaniel Bryce?" gofynnodd Daf, gan gofio'r nodiadau yn ffeil yr achos. "Am fod ganddo fe allwedd i'r tŷ, ac mi fydde fe'n deall tipyn am werth y lluniau, ar ôl gweithio gyda Flitcroft?"

"Ie a nage. Wnaethon ni ddechrau edrych ar Bryce yn iawn pan ddaethon ni o hyd i ewyllys Montgomery Flitcroft. Ti'n gweld, doedd ganddo fe ddim teulu, ac fe wnaeth e adael popeth i Bryce. Gwerth dros dair miliwn o bunnoedd rhwng y tŷ a'r lluniau – tipyn o arian yr adeg hynny." Oedodd Bedwyr. "Tipyn o arian heddiw hefyd, o ran hynny."

"Felly... be? Chi'n meddwl fod Bryce wedi lladd Flitcroft a dwyn *Tywyllwch y Fflamau* i wneud i'r cwbl edrych fel lladrad wedi mynd o'i le?"

Estynnodd Bedwyr am fisged arall a'i gwthio i'w geg.

"Ie, dyna beth oedd yr amheuaeth," atebodd, gan dasgu briwsion i bob man. "Ond i fi, doedd rhywbeth ddim yn ffitio. Pam dewis dwyn y llun mwya gwerthfawr ohonyn nhw i gyd, os taw fe oedd yn mynd i'w etifeddu fe beth bynnag? Unwaith fod hwnnw wedi ei ddwyn mi fydde fe'n hynod o anodd i'w werthu fe. Os taw arian oedd tu ôl i'r cwbl, bydde fe'n gwneud mwy o synnwyr i ddwyn un o'r lluniau eraill, llai gwerthfawr, ac aros nes ei fod e'n etifeddu *Tywyllwch y Fflamau*, ti'm yn meddwl?"

Nodiodd Daf wrth ystyried hyn.

"Ond beth bynnag," aeth Bedwyr yn ei flaen, "unwaith i ni ddechrau holi Bryce wnaethon ni ddarganfod fod ganddo fe alibi cadarn. Yn ôl y patholegydd fe fuodd Flitcroft farw rhwng saith ac un ar ddeg y nos, ac roedd Bryce wedi mynd am bryd o fwyd i ddathlu pen-blwydd ffrind cyn mynd mlaen i glwb nos. Roedd hanner dwsin o'i ffrindiau yn dweud ei fod e gyda nhw tan o leia un y bore."

"Felly dim Bryce oedd yn gyfrifol?"

"Na. Ac oni bai amdano fe, doedd neb penodol i'w amau. Os nad Bryce na'r lanhawraig oedd y llofrudd, mae'n rhaid bod Flitcroft wedi gadael y lleidr i mewn i'r tŷ ei hun, ond pwy? Roedd pawb yn dweud ei fod e'n ddyn preifat, yn cadw iddo fe'i hunan. Wrth gwrs, wnaethon ni hel y lladron lleol i gyd ond heb unrhyw lwc. Wnaethon ni weithio ar yr achos am wythnosau, ond yn y diwedd aeth y trywydd yn oer. A does dim sôn wedi bod am lofrudd Montgomery Flitcroft, na *Tywyllwch y Fflamau*, ers hynny."

Edrychodd Bedwyr draw at Daf, gan gymryd ei lygaid oddi ar yr hewl o'i flaen am eiliad.

"Tan nawr."

7

EDRYCHODD MALCOLM CADWALADR i fyny wrth glywed drws yr oriel yn agor, a gweld un dyn anferth mewn siwt dynn yn cerdded i mewn gyda ffeil gardfwrdd dan ei fraich, a dyn ifancach, heini yr olwg yn ei ddilyn.

Edrychodd y ddau o'u cwmpas cyn agosáu at y ddesg.

"Mr Cadwaladr?" gofynnodd yr un mwyaf wrth ddod i stop o'i flaen. Gwelodd Malcolm fod ganddo friwsion mân dros flaen ei grys. "Ditectif Bedwyr Campbell, Heddlu Dyfed Powys. Wnaethon ni siarad ar y ffôn ddoe?" Trodd i gyfeirio at y dyn arall. "A dyma Sarjant Daf Parker."

Cododd Malcolm ac estyn ei law.

"Wrth gwrs – croeso Ditectif Campbell, Sarjant Parker. Diolch yn fawr i chi am ddod mor bell. Ga i gynnig diod i chi? Te? Latte? Americano? Dŵr pefriog?"

"Fydde te yn hyfryd," atebodd y ditectif, gan afael yn dynn yn ei law a'i hysgwyd. "Llaeth, pedwar siwgr, os gwelwch yn dda."

"Dŵr, plis. Diolch," dywedodd y sarjant gyda gwên.

Dychwelodd Malcolm rai munudau'n ddiweddarach yn dal hambwrdd, gyda photel o ddŵr, cwpanaid o de a latte iddo'i hun, yn ogystal â phlatiad bach o fisgedi Custard Cream arno. Gosododd y cwbl ar y ddesg, gan sylwi fod Ditectif Campbell yn cerdded o gwmpas yr oriel yn astudio'r lluniau i gyd.

"Mae ganddoch chi bethau hyfryd fan hyn," galwodd y ditectif wrth droi i wynebu Malcolm. "Y llun gan Basquiat a'r cerflun Serra yn arbennig."

Gwenodd Malcolm arno.

"Rydych chi'n gwerthfawrogi celf, Ditectif Campbell?"

"Gwerthfawrogi, ond ddim yn cael fy nhalu digon i brynu, yn anffodus," daeth yr ateb, wrth i'r ditectif groesi'r oriel ac estyn am ei baned.

"Iawn 'te," dywedodd Malcolm, gan eistedd. Cododd y latte a chwythu dros geg y cwpan i'w oeri. "Sut alla i'ch helpu chi?"

"Dau beth, Mr Cadwaladr," atebodd Ditectif Campbell, gan gymryd cegaid fach o'i de a helpu ei hun i fisged. "Fe hoffen ni weld eich CCTV chi am ddoe, ond yn gynta ry'n ni wedi dod ag ambell lun gyda ni. Rhai o bobl... amheus ardal Aberystwyth, unigolion y buon ni'n ystyried ar y pryd allai fod â rhyw gysylltiad gyda lladrad *Tywyllwch y Fflamau*, ac ambell un sydd â hanes o ddelio mewn pethau wedi eu dwyn. Fyddech chi'n barod i edrych trwyddyn nhw, rhag ofn fod unrhyw un yn edrych yn debyg i'ch ymwelydd chi ddoe?"

"Wrth gwrs, wrth gwrs," atebodd perchennog yr oriel, gan deimlo gwefr o gyffro yn symud trwyddo. Tybed a fyddai e, Malcolm Cadwaladr, yn gallu helpu i ddatrys llofruddiaeth?

Gan osod ei gwpan yn ôl ar yr hambwrdd yn ofalus, tynnodd Ditectif Campbell bentwr o luniau o'r ffeil a'u gosod nesaf at ei gilydd ar y ddesg. Gwisgodd Malcolm ei sbectol ac astudio pob llun, gan blygu i edrych yn fanwl ar ambell un. Ar ôl sawl munud tynnodd ei sbectol ac ysgwyd ei ben yn siomedig.

"Mae'n ddrwg gen i, Ditectif Campbell," dywedodd. "Dydi'r gŵr ddaeth yma ddoe ddim yn un o'r lluniau yna."

"Ydych chi'n siŵr?" gofynnodd y ditectif drachefn. "Cymerwch eich amser, does dim brys."

"Dwi'n siŵr," atebodd Malcolm yn bendant. "Dwi'n arbenigo mewn astudio manylion, dach chi'n gweld, a does neb yn y lluniau yna'n canu cloch, mae arna i ofn." Dechreuodd y ditectif gasglu'r lluniau'n ôl yn bentwr taclus, wrth i Malcolm fynd yn ei flaen. "Roedd y gŵr yma'n ifanc, gyda gwefusau tenau a gwallt tywyll, braidd yn seimllyd, ac roedd ei drwyn yn..." Yna, wrth wylio'r ditectif yn agor y ffeil gardfwrdd i roi'r lluniau'n ôl, rhewodd Malcolm yn sydyn. "Arhoswch!" ebychodd. "Dyna fe!"

Edrychodd Ditectif Campbell arno'n syn, wrth i'r sarjant ifanc bwyso ymlaen i weld perchennog yr oriel yn estyn i'r ffeil a thynnu llun allan ohoni.

"Dyna fe!" dywedodd Malcolm eto. "Hwn yw'r dyn ddaeth mewn ddoe. Ychydig yn hŷn erbyn hyn, ac wedi colli tipyn o bwysau ond... ie, dyma fe!"

"Ydych chi'n siŵr?" gofynnodd y sarjant. "Yn gwbl siŵr?"

"Ydw, ydw," atebodd Malcolm yn gyffrous. "Yn bendant, dyma fe. Pam, pwy yw e?"

Edrychodd y plismyn ar ei gilydd heb ddweud gair, er bod y ddau'n gwybod yn iawn beth oedd ateb y cwestiwn.

Yn ei law roedd Malcolm Cadwaladr yn dal llun du a gwyn o Nathaniel Bryce, ysgrifennydd ac etifedd Montgomery Flitcroft.

8

"Y'DI'R LASAGNE YN DOD gyda sglodion?"

Roedd Bedwyr yn pwyso ar y bar mewn tafarn o'r enw y Castell, rhyw ganllath o Oriel Bangor, ac yn cyfeirio'i gwestiwn at y ferch surbwch y tu ôl i'r til. Stopiodd hithau gnoi ei gwm am eiliad, yn ddigon hir i'w ateb.

"Nac'di. *Garlic bread.*"

Ystyriodd Bedwyr hyn am eiliad.

"Alla i gael sglodion gyda fe?" gofynnodd.

"Lasagne efo sglodion yn lle'r *garlic bread*, ia?"

"Na, na," cywirodd Bedwyr, a rhowliodd y ferch ei llygaid. "Yn ogystal â'r *garlic bread*. Lasagne, sglodion a *garlic bread*. A peint o Coke, os gwelwch yn dda."

Defnyddiodd y ferch ei hewinedd hir i wasgu'r archeb i'r til, cyn edrych yn ddisgwylgar ar Daf.

"Yr un peth i fi," atebodd, er nad oedd y ferch wedi trafferthu i ofyn y cwestiwn. "Ond gyda Diet Coke, plis."

Aeth ei archeb ef i'r til hefyd, ac ymlwybrodd y ferch i ffwrdd i 'nôl y diodydd.

"Iawn 'te, Daf," dywedodd Bedwyr, gan arwain ei sarjant ifanc at fwrdd cyfagos, "be ti'n feddwl o beth oedd gan ein ffrind ni, Mr Cadwaladr, i'w ddweud?"

Cymerodd Daf eiliad neu ddwy i gael trefn ar yr hyn roedd wedi ei ddysgu dros yr awr ddiwethaf cyn ateb.

"Wel, mi oedd e'n eitha siŵr taw Nathaniel Bryce oedd y dyn wnaeth drio gwerthu *Tywyllwch y Fflamau* iddo fe," atebodd. "Ond trueni nad o'n ni'n gallu ei weld e ar y camerâu."

Roedd Bedwyr a Daf wedi bod yn obeithiol i gychwyn, gan fod system CCTV Oriel Bangor yn un drud a gweddol newydd, gyda lluniau lliw, clir. Ond yn ddigon buan cafodd y ddau eu siomi wrth i'r ymwelydd – Nathaniel Bryce, yn ôl Cadwaladr – gerdded i'r siop. Roedd yn gwisgo het dywyll gyda phig lydan – hen Fedora, yn ôl Cadwaladr eto – wedi ei thynnu i lawr yn isel ar ei ben nes bod ei wyneb wedi ei guddio o bob un camera, a gwnaeth yn siŵr i beidio edrych i fyny un waith.

Roedd y ditectifs wedi gwylio wrth i'r ymwelydd agosáu at y ddesg cyn cynnal sgwrs fer gyda'r perchennog, gan dynnu ffôn o'i boced. Treuliodd Cadwaladr sawl munud wedyn yn astudio'r hyn oedd ar sgrin y ffôn, yn symud 'nôl ac ymlaen rhwng y lluniau gan barhau i sgwrsio gyda'r dyn dieithr. Yna, yn sydyn, dyma'r dyn yn cipio'i ffôn yn ôl gan ysgwyd ei ben, ac yn brysio at y drws ac allan i'r stryd heb edrych yn ôl.

"Call iawn, ddwedwn i," dywedodd Bedwyr, wrth i'r ferch tu ôl i'r bar osod diod yr un o flaen y ditectifs, cyn cerdded i ffwrdd heb ddweud gair. "Cuddio'i wyneb rhag y camerâu gyda'r het yna. Mae'n dangos ei fod e wedi ystyried beth oedd e'n ei wneud o flaen llaw."

"Ydych chi'n meddwl taw Nathaniel Bryce yw'r dyn?" gofynnodd Daf, gan gymryd llond ceg o'i ddiod.

"Dyw'r peth ddim yn amhosib," atebodd Bedwyr. "Dwi'n bendant yn meddwl y dylen ni ddilyn y trywydd. Roedd Malcolm Cadwaladr mor sicr taw Bryce oedd yna ddoe, a dyma'r wybodaeth newydd gynta ry'n ni 'di cael am yr achos yma ers blynyddoedd."

Arhosodd Daf yn dawel am dipyn. Tynnodd ddarn o iâ o'i ddiod a'i grensian rhwng ei ddannedd wrth gofio'r hyn roedd wedi ei ddarllen yn y ffeil y noson cynt.

"Roedd Bryce yn ei ugeiniau hwyr pan fuodd Flitcroft farw," dywedodd ar ôl llyncu'r rhew. "Ac wedi bod yn gweithio iddo fe ers tair blynedd. Ond beth oedd ei hanes cyn hynny? Wnaethoch chi gwrdd â fe erioed?"

"Do," atebodd Bedwyr, gan bwyso'n ôl yn ei gadair. "Boi iawn, o be weles i. O Amwythig yn wreiddiol. Roedd ganddo fe gariad o'r enw... Bella? Betsi? Rhywbeth fel'na. Roedd e'n artist dawnus ei hun yn ei arddegau, ac fe ga'th e ysgoloriaeth i fynd i Ysgol Gelf Glasgow. Dyna sut ddaeth e i nabod Montgomery Flitcroft – fe brynodd e un o ddarnau Bryce o'i arddangosfa ar ddiwedd y flwyddyn gynta. Roedd y dyfodol yn edrych yn ddisglair iawn bryd hynny."

"A beth ddigwyddodd?" gofynnodd Daf.

"Yr un hen stori," atebodd Bedwyr. "Gormod o lwyddiant yn rhy fuan. Diod. Cyffuriau. O fewn dwy flynedd roedd Bryce wedi troi o fod yn seren lachar i fod yn ddigartref ac yn byw ar y stryd, yn mynd o un ffics heroin i'r llall. Mae'n syndod ei fod e'n fyw o hyd, a dweud y gwir. Fuodd e bron â marw sawl gwaith dros y blynyddoedd, cyn iddo dderbyn triniaeth a gwella. A wedyn, dyma Montgomery Flitcroft yn clywed am ei drafferthion a chynnig ail gyfle iddo fe."

"Chwarae teg," dywedodd Daf. "Nid pawb fyddai'n cynnig swydd i gyn-jynci."

"Na," cytunodd Bedwyr. "Ac roedd Nathaniel Bryce yn ymwybodol iawn o hynny. Roedd e'n ddiolchgar tu hwnt i Flitcroft am y cyfle."

Gyda hynny fe gyrhaeddodd y bwyd, yn cael ei weini gan ferch serchus oedd yn wên i gyd, yn wahanol iawn i'w chyfaill tu ôl y bar. Gosodwyd powlen o sglodion, lasagne chwilboeth a bara garlleg o flaen y ddau. Teimlodd Daf ychydig yn euog fod ganddo focs bwyd roedd Ceri wedi ei baratoi iddo yn ei fag, ond roedd rhaid cyfaddef fod y bwyd o'i flaen yn edrych ac yn arogli'n hyfryd.

"A ti'n gwybod," aeth Bedwyr yn ei flaen, gan godi sglodyn o'r fowlen i'w flasu, "dyna sy'n gwneud y busnes yma mor rhyfedd. Os taw Bryce oedd yr ymwelydd yn Oriel Bangor ddoe, ac mai gyda fe mae *Tywyllwch y Fflamau*, mae hynny'n awgrymu taw fe oedd yn gyfrifol am farwolaeth Flitcroft. Ond sut, o ystyried fod ganddo fe alibi drwy'r noson yna? A'r cwestiwn mwy, efallai – pam?"

Brathodd Daf ar ddarn o'r bara garlleg cyn ymateb.

"Wel," dywedodd, wrth wylio Bedwyr yn codi fforc wedi ei llwytho gyda'r lasagne at ei geg. Roedd llinyn o gaws elastig yn ymestyn o'r fforc yn ôl at y bowlen, yn bygwth torri dan ei bwysau ei hun. "O ran y pam, fyswn i'n meddwl fod hynny'n eitha amlwg. Faint ddwedoch chi oedd yn yr ewyllys i Nathaniel Bryce? Dros dair miliwn?"

"Ie," atebodd Bedwyr, ar ôl tynnu aer i'w geg i oeri'r bwyd poeth ar ei dafod. "Ond o be dwi'n cofio, doedd cyfreithiwr Montgomery Flitcroft ddim yn meddwl fod Bryce yn gwybod am yr ewyllys. A hyd yn oed tase fe, fydde Bryce mor galon-galed â llofruddio'r dyn wnaeth roi ail gyfle iddo fe i gael yr arian yn gynt? Yn ôl pawb y buon ni'n siarad â nhw, roedd Bryce yn addoli Flitcroft, yn edrych arno fe fel rhyw fath o dad mabwysiedig."

Llyncodd Daf ddarn arall o'i fara a chymryd cegaid o'i ddiod i'w olchi i lawr ei gorn gwddf.

"Mae tair miliwn o bunnoedd yn gallu gwneud pethau rhyfedd i bobl," dywedodd. "Oes syniad gyda chi beth ddigwyddodd i Nathaniel Bryce?"

"Fe wnaeth e a'i gariad symud i dŷ Flitcroft yn Ynys-las am dipyn," atebodd Bedwyr yn feddylgar. "Ond er gwaetha'r alibi oedd ganddo, roedd sawl un yn y dre yn dal i amau ei fod e'n gyfrifol am y llofruddiaeth. Mi gafodd e 'i ymosod arno wrth gerdded i lawr y stryd un diwrnod. Yn y diwedd fe gafodd e ddigon, a gwerthu'r cwbl – y tŷ, y lluniau, popeth – a symud i ffwrdd. 'Nôl i Amwythig, dwi'n meddwl. Does dim syniad 'da fi beth ddigwyddodd iddo fe wedyn." Oedodd i dorri darn arall o'r lasagne a'i godi i'w geg. "Ond ti'n iawn, Daf, mae arian yn gallu gwneud pethau rhyfedd i bobl. Unwaith ein bod ni'n ôl yn Aberystwyth wnawn ni ofyn o le i le, i geisio dod o hyd i Mr Bryce."

9

Y BORE AR ÔL y daith i Fangor cododd Daf Parker am hanner awr wedi chwech, gan adael Ceri ei wraig i gysgu, a cherddodd yn ysgafn droed i'r ystafell fyw. Gwisgodd y dillad rhedeg roedd wedi eu gadael yno'r noson cynt a gadael y tŷ mor dawel ag y medrai. Roedd Alys yn cysgu'n dda, chwarae teg iddi, ond petai'n clywed sŵn rhywun yn symud o gwmpas mi fyddai ar ei thraed yn chwilio am frecwast yn syth.

Roedd yn dywyll y tu allan o hyd, a chyneuodd Daf y fflachlamp roedd yn ei gwisgo am ei ben a chychwyn ei oriawr. Dechreuodd redeg yn hamddenol ar hyd y briff ffordd oedd yn rhedeg trwy Benparcau, ar gyrion Aberystwyth, cyn troi i lawr am feysydd chwarae'r brifysgol. Yr un ffordd byddai'n rhedeg bob bore – dau gylch o gwmpas o caeau, yna dilyn yr afon trwy'r dref i'r marina ac yn ôl i fyny'r rhiw am adref.

Roedd wedi mwynhau ei flas cyntaf go iawn o waith ditectif ddoe, yn ymchwilio i hen achos Montgomery Flitcroft a lladrad *Tywyllwch y Fflamau*, ac wedi hoffi gweithio gyda Bedwyr Campbell yn arbennig. Roedd e i'w weld yn foi iawn, ac roedd Daf wedi teimlo'n hynod o falch ar ôl cyrraedd gorsaf yr heddlu yn Aberystwyth a chlywed Bedwyr yn gofyn i'r prif arolygydd petai'n gallu cadw Daf am dipyn i helpu gyda'r achos.

Roedd Daf wedi gwneud y penderfyniad i ymuno gyda'r heddlu yn hwyr. Mi fyddai'n cyfaddef ei hun iddo fethu â gwneud y mwyaf o'i amser yn yr ysgol, gan wneud ei orau i wireddu ei freuddwyd o fod yn bêl-droediwr. Pan ddaeth yn amlwg nad oedd hynny'n mynd i ddigwydd doedd ganddo ddim cynllun ar gyfer beth i'w wneud nesaf. Treuliodd y blynyddoedd wedyn yn symud o un swydd ddiflas i'r llall, ond ddim tan geni Alys y penderfynodd fod yn rhaid newid. Ar ôl gafael yn y fechan yn ei freichiau am y tro cyntaf fe sylweddolodd taw'r cwbl roedd eisiau mewn gwirionedd oedd ei gwneud hi'n falch ohono – i fod yn arwr iddi. O fewn wythnos fe lenwodd y ffurflenni i ymuno â'r heddlu, ac ers hynny gweithiai'n galed bob diwrnod i wneud gyrfa lwyddiannus iddo'i hun.

Pan ddaeth y cyfle i ymuno gyda Bedwyr Campbell ar y daith i Fangor ddoe roedd Daf ar ben ei ddigon. Bu'n clywed y straeon am Campbell ers dechrau gyda'r heddlu, ac roedd yn gwybod ei fod wedi gweithio ar rai o achosion mwyaf heddlu Dyfed Powys. Fe oedd arweinydd yr ymchwiliad wnaeth ddal Eric Antoni, y llofrudd cyfresol oedd yn gyfrifol am ladd pedair dynes ifanc yng nghanolbarth Cymru. Fe hefyd wnaeth godi'r amheuon cyntaf am farwolaeth Sian Fletcher, a dechrau'r ymchwiliad wnaeth arwain at arestio ei gŵr, Dr Jordan Fletcher, am ei llofruddiaeth. Roedd Campbell yn dipyn o arwr yn yr orsaf, ac roedd Daf yn ei ystyried yn fraint i weithio gydag e. Os oedd unrhyw un yn mynd i fynd at wraidd achos marwolaeth Montgomery Flitcroft, roedd Daf yn siŵr taw Bedwyr Campbell fyddai hwnnw, ac roedd yntau'n mynd i wneud ei orau glas i'w helpu unrhyw ffordd y medrai.

10

AR ÔL CYRRAEDD ADRE o'i redeg a chael brecwast cyflym o rawnfwyd wrth chwarae pi-po gydag Alys, rhoddodd Daf gusan i Ceri a gadael am orsaf yr heddlu.

Wrth iddo gerdded i lawr y cyntedd i gyfeiriad swyddfa'r ditectifs clywodd lais yn galw ei enw o gyfeiriad drws agored y ffreutur, a throdd i weld Bedwyr Campbell yn eistedd y tu ôl i fwrdd. Roedd ganddo blât gwag o'i flaen, gydag olion brecwast wedi ffrio arno, ac aeth Daf i ymuno ag e.

"Brecwast hyfryd, chware teg," dywedodd y ditectif hŷn, gan dorri gwynt o dan ei anadl. "Mi fydd hi'n ddiwrnod prysur heddiw, Daf. Angen dechrau'r dydd yn iawn."

"Ie wir," atebodd Daf, gan deimlo cyhyrau ei goesau'n dynn a meddwl fod gan y ddau syniadau gwahanol o beth oedd dechrau iawn i'r dydd. "Beth yw'r cynllun 'te, syr?"

"Wel," dywedodd Bedwyr, gan orffen ei gwpanaid o de, "dwi wedi siarad ag ambell un, a does neb yn gwybod rhyw lawer am beth ddigwyddodd i Nathaniel Bryce ar ôl iddo fe symud o Aberystwyth. Ond wyt ti'n cofio fi'n sôn ddoe ei fod e mewn perthynas pan fuodd Flitcroft farw? Wel, Betsi Owen oedd enw ei bartner, ac fe wnaeth hi adael Aberystwyth gyda Bryce. Ond o be dwi'n clywed fe symudodd hi'n ôl i'r dre rhyw dair blynedd yn ôl."

"Y berthynas wedi dod i ben 'te?" gofynnodd Daf.

"Dyna fyswn i'n amau," daeth yr ateb. "Dwi'n meddwl y dylen ni fynd i siarad gyda Betsi Owen bore 'ma. Falle fod ganddi hi syniad lle mae Bryce erbyn hyn. Alli di fod yn barod i fynd mewn hanner awr?"

11

Parciodd Bedwyr ei gar ac edrych o'i gwmpas. Tŷ Betsi Owen oedd rhif 19, ar stryd o dai cyngor oedd wedi gweld dyddiau gwell. Drws nesaf, tu allan i rhif 17, roedd hen soffa frown yn eistedd yn yr ardd flaen, y porfa hir yn codi o'i chwmpas a'r giât yn hongian yn fregus. Ar y stryd o flaen car Bedwyr roedd yna hen Ford Fiesta gyda haen o slwj gwyrdd dros y ffenestri, yn amlwg wedi bod yn eistedd yna'n ddigon hir heb symud i'r pedwar teiar fynd yn fflat.

"Dydi hi ddim yn edrych yn debyg fod Betsi wedi dod â rhyw lawer o arian Montgomery Flitcroft 'nôl gyda hi 'te," dywedodd Daf. Doedd ei gartref ef ei hun ddim yn balas o bell ffordd, ond doedd dim modd osgoi'r teimlad o dlodi ar y stryd yma.

Agorodd y drws a chamu o'r car, gan aros i Bedwyr straffaglu i dynnu ei gorff sylweddol o'r ochr arall. Cerddodd y ddau i fyny'r llwybr bach at ddrws rhif 19 a chnocio. Ar ôl sawl eiliad fe'i hatebwyd gan ddynes mewn crys T hir a phâr o legins du, ei gwallt wedi ei dynnu'n ôl mewn cynffon dynn. Edrychodd ar y ddau blismon yn amheus.

"Bore da," cyfarchodd Bedwyr gyda gwên. "Miss Owen, ie? Mae'n ddrwg ganddon ni i alw arnoch chi, ond fy enw i ydi Ditectif Campbell, a dyma Sarjant Parker."

"Beth y'ch chi...?" gofynnodd y ddynes yn syth, gyda gofid yn fflachio ar draws ei hwyneb. "Oes rhywbeth wedi digwydd i Sam?"

"Peidiwch poeni," atebodd Bedwyr yn syth. "Does dim byd wedi digwydd, ond ro'n ni'n gobeithio y byddech chi'n gallu sbario munud neu ddwy i ateb rhai o'n cwestiynau ni? Cwestiynau'n ymwneud â Nathaniel Bryce. Dwi'n meddwl eich bod chi'n ei nabod e?"

Croesodd Betsi Owen ei breichiau, a theimlodd Daf yn siŵr nad oedd am eu gadael nhw dros y stepen drws.

"Dyw Nath ddim byd i'w wneud â fi," dywedodd yn heriol. "Ddim ers blynyddoedd. Ry'n ni'n hapusach hebddo fe, fi a Sam. Os yw Nath 'di ca'l ei hunan i ryw fath o drafferth dwi ddim isie bod yn unrhyw ran ohono fe."

Pwysodd Daf ychydig yn agosach at y ddynes.

"Sam yw'ch mab chi, Miss Owen?" gofynnodd. "Faint yw ei oed e?"

Edrychodd Betsi Owen arno'n amheus cyn ateb.

"Pedair. Ma fe yn yr ysgol nawr."

"Mae gen i ferch fach dair mlwydd oed," dywedodd Daf, gan wenu, ac er gwaetha ei dicter gwenodd Betsi Owen yn ôl dipyn bach. "Mae'n oedran hyfryd, yn dyw e? Mae'n siŵr ei fod e'n eich cadw chi'n brysur."

"Wel… ydi," atebodd y ddynes, gan feddalu dipyn. "Ond mae'n gariad bach." Oedodd ac edrych o un plismon i'r llall, cyn gwneud penderfyniad. "Beth yw'r cwestiynau 'ma sy gyda chi 'te?"

Funud yn hwyrach roedd Bedwyr a Daf yn eistedd ar soffa las tywyll yn ystafell fyw fach y cartref, gyda theganau plant wedi eu gwasgaru o gwmpas y llawr ym mhob man, yn gwrando ar Betsi Owen. Nawr ac yn y man byddai'n stopio siarad i dynnu'n galed ar *vape* gwyrdd llachar, gan chwythu cymylau gwyn trwchus o gornel ei cheg.

"Wnes i gwrdd â Nath ar ôl iddo fe symud i Aberystwyth," dywedodd. "Ro'n i wedi dod allan o berthynas arall a ddim yn chwilio am unrhyw beth o ddifri, ond wnes i syrthio mewn cariad gyda fe'n syth. Roedd e'n wahanol i bawb arall ro'n i'n nabod. Fe ddwedodd e bopeth wrtha i am ei gefndir, am y cyffuriau a'r ddiod ac ati, ond wnaeth e addo fod hynna i gyd yn y gorffennol." Stopiodd i sugno ar ei *vape* eto cyn cario mlaen. "Ro'n ni'n hapus, ac roedd Nath wrth ei fodd gyda'i waith. Iawn, doedd y cyflog ddim yn grêt, ac roedd yr oriau'n gallu bod yn anghyfleus, ond roedd Nath yn meddwl o byd o Mr Flitcroft. Wedi'r cwbl, heblaw amdano fe yn rhoi ail gyfle i Nath, Duw a ŵyr beth fydde fe wedi neud. Na, roedd e'n edmygu Mr Flitcroft gymaint dwi'n meddwl y bydde fe wedi dal i droi lan i'r gwaith, hyd yn oed tase fe ddim yn cael ei dalu." Oedodd Betsi, gan syllu ar dractor bach coch oedd yn gorwedd ar ei ochr ar y llawr. "Ond wedyn, fe ddigwyddodd... be ddigwyddodd."

"Marwolaeth Mr Flitcroft?" gofynnodd Bedwyr yn dawel.

"Ie," ochneidiodd Betsi. "Fe dorrodd Nath ei galon. Roedd e dros y lle i gyd, doedd dim modd siarad ag e. A wedyn dyma chi'r heddlu yn dechre 'i amau fe o lofruddiaeth, er y bydde fe ddim wedi gallu neud, achos mi oedd e mas gyda fi y noson honno. A wedyn, ar ôl i chi orffen gydag e, dyma pawb arall yn ei amau, dweud pethe tu ôl i'w gefn e, neu i'w wyneb e ambell waith, ac yn ymosod arno fe."

"A fe wnaethoch chi symud i ffwrdd?" gofynnodd Bedwyr.

"Do, i Amwythig," atebodd Betsi. "Y syniad oedd y bydde fe'n ddechre newydd i ni. Defnyddio rhywfaint o'r arian wnaeth Mr Flitcroft adael i brynu rhywle i fyw. Dechrau teulu falle. Fe allai Nath dechrau peintio eto, hyd yn oed."

"Oedd Nathaniel yn gwybod taw fe oedd etifedd Montgomery Flitcroft," gofynnodd Daf, "cyn iddo fe farw, dwi'n feddwl?"

"Ddim o gwbl," dywedodd Betsi'n bendant. "Roedd e'n sioc fawr iddo fe. Ac alla i ddim dweud ei fod e'n arbennig o hapus am y peth. Dwi'n siŵr y bydde fe wedi rhoi pob ceiniog yn ôl tase hynny'n meddwl fod Mr Flitcroft yn dod 'nôl." Oedodd Betsi, gan dynnu ar ei *vape* eto. "Mae'n siŵr taw dyna pam ddechreuodd e wario mor wyllt ar ôl tipyn – gwastraffu'r arian ar ddim byd. Dechre yfed eto. Dechre ar y cyffuriau. Roedd e'n paranoid, yn teimlo fod pawb yn edrych arno fe, yn siarad amdano fe, yn ei amau fe o ladd Mr Flitcroft. Yr unig ffordd alle fe gael heddwch oedd mynd yn wyllt." Ochneidiodd Betsi. "O fewn pedair blynedd roedd yr arian i gyd wedi mynd. Yn waeth na hynny, ro'n ni mewn dyled. Ond ro'n i'n ei garu fe, ac eisiau ei helpu fe, a wnes i drio, am flynyddoedd. A byddwn i wedi aros am byth, oni bai 'mod i 'di mynd yn feichiog gyda Sam. Ond doedd hynny ddim yn sefyllfa i fagu plentyn – y blerwch, y partis diddiwedd, a'r bobl ryfedd. Felly wnes i adael a dod 'nôl i Aberystwyth. Wnes i erfyn ar Nath i ddod, i adael y bywyd yna, ond wnaeth e wrthod." Roedd deigryn yn llygaid Betsi Owen erbyn hyn. "Y diwrnod pan wnes i adael oedd y diwrnod diwetha i fi ei weld e."

Pwysodd Bedwyr yn agosach ati, gan estyn pecyn o hancesi papur o'i boced.

"Oes syniad gyda chi lle mae Mr Bryce erbyn hyn?" gofynnodd. "Sut allwn ni ddod o hyd iddo fe?"

Sychodd Betsi ei thrwyn ar yr hances a sugno eto ar y *vape*.

"Dwi ddim yn gwybod," dywedodd. "Ond pan wnes i adael roedd e'n byw mewn sgwat, hen warws Pickles Furniture, ar bwys yr afon yn Amwythig. Afiach o le, oer a gwlyb, a llygod mawr bob man. Os nad yw e fan'na, does dim syniad 'da fi ble ma fe."

12

Diffoddodd Bedwyr injan y car, ac eisteddodd ef a Daf mewn tawelwch am dipyn. Er nad oedden nhw'n bell o ganol Amwythig, teimlai'r lle'n anghysbell iawn. Roedd yr unig ffordd oedd yn arwain yma yn gul ac yn dyllog, gyda chloddiau tal, blêr yn codi ar y naill ochr a'r llall. Daeth y lôn i ben o flaen gatiau rhydlyd metel oedd yn hongian ar agor yn rhydd, ond uwch eu pennau roedd arwydd yn dal i'w weld, er ei fod yn rhannol wedi ei orchuddio â graffiti. Darllenodd Bedwyr y geiriau oedd wedi ysgrifennu arno.

Pickles Furniture.

Safai'r hen warws yn segur o'u blaenau, gyda rhan o'r to wedi disgyn a mwyafrif y paneli gwydr yn y ffenestri wedi eu chwalu. Serch hynny, roedd yna arwyddion o fywyd yno. Cyfrodd Bedwyr dri beic yn pwyso yn erbyn wal y warws, yn ogystal ag un moto-beic. Roedd ôl tân yng nghanol yr iard, a bagiau sbwriel wedi eu diosg o gwmpas y lle.

"Cartrefol," dywedodd Bedwyr.

Ar ôl gadael cartref Betsi Owen roedd y

ddau blismon wedi cytuno i fynd yn syth am Amwythig, yn y gobaith fod trywydd Nathaniel Bryce yn gynnes o hyd. Gan stopio unwaith yn unig i brynu brechdan a phaced mawr o M&Ms yn y Drenewydd, fe gyrhaeddodd y ddau safle'r hen warws rhyw ddwy awr ar ôl gadael Aberystwyth.

"Beth nawr?" gofynnodd Daf, gan edrych ar yr hen adeilad.

Bwytaodd Bedwyr ei M&Ms am funud, a meddwl.

"Wel," atebodd, "af i edrych o gwmpas. Aros di fan hyn."

Edrych Daf arno'n syn.

"Ydi hynna'n syniad da?" gofynnodd, gan lygadu'r warws yn amheus. "Fydde'n well i ni fynd gyda'n gilydd?"

Pwyntiodd Bedwyr at yr adeilad.

"Edrycha ar y lle," dywedodd. "Mae e'n cwympo'n ddarnau. Os bydde Bryce isie dianc ma'n rhaid bod sawl ffordd allan. Af i mewn i ysgwyd y goeden, ac arhosa di i weld be sy'n disgyn allan."

Gyda hynny, agorodd Bedwyr ddrws y car a dringo allan, cyn cerdded yn hamddenol ar draws y tir gwag rhwng y gatiau a'r warws. Rhaid taw dyma oedd y maes parcio a lle llwytho'r lorïau cyn i Pickles Furniture gau, meddyliodd. Roedd sŵn cerddoriaeth yn dod o gyfeiriad yr adeilad, a cherddodd tuag ato.

Roedd yna fwlch mawr yn y wal lle buodd drws ar un adeg, ac ar ôl cerdded drwyddo arhosodd Bedwyr i adael i'w lygaid ddod i arfer â'r tywyllwch. Roedd tu mewn y warws yn ofod agored oedd wedi cael ei wahanu'n ystafelloedd llai, gan ddefnyddio unrhyw beth oedd wrth law fel defnydd adeiladu. Roedd y waliau mewnol wedi eu gwneud o hen baledau pren, drysau oedd wedi eu tynnu o'r wal, ac mewn sawl man roedd hen ddillad gwely yn hongian ar linyn fel cyrtens. Yng nghanol y llawr roedd rhyw fath o ardal gymdeithasol, gyda thri dyn yn eistedd yno. Roedd un yn chwarae gitâr ac yn canu, ond ar ôl sylwi ar Bedwyr fe stopiodd, a gwyliodd y tri dyn y plismon yn agosáu yn wyliadwrus.

"Pnawn da," cyfarchodd Bedwyr yn gyfeillgar. "Fydde un ohonoch chi'n gwybod lle alla i ddod o hyd i Nathaniel Bryce?"

Edrychodd y tri ar ei gilydd, cyn i'r un oedd yn dal y gitâr ei ateb.

"Heddlu wyt ti?"

Gwenodd Bedwyr, cyn agor ei freichiau.

"Ydw i mor amlwg â hynny?" gofynnodd.

"Ie, heddlu ydw i. Ditectif Bedwyr Campbell. A dwi angen gair gyda Nathaniel Bryce."

Ysgydwodd y tri dyn eu pennau fel un.

"Does dim Nathaniel Bryce fan hyn," atebodd y chwaraewr gitâr mewn llais mwy uchel nag oedd ei angen.

"Erioed 'di clywed amdano fe," ychwanegodd ei gyfaill.

Clywodd Bedwyr sŵn o'r tu ôl i un o'r dillad gwely ar y wal bellaf, ond aeth yn ei flaen, heb ymateb.

"Chi'n siŵr?" gofynnodd. "Mae'n fater difrifol, mae'n bwysig 'mod i'n siarad â Mr Bryce."

Gwenodd y chwaraewr gitâr ac ysgwyd ei ben eto.

"Sawl gwaith sydd eisiau dweud, copar? Does dim Nathaniel Bryce yma. Ti 'di cael siwrne wast. Nawr cer o 'ma."

Arhosodd Bedwyr yn llonydd fel petai'n gwrando'n astud. Yna, o'r tu allan i'r warws clywodd sŵn gweiddi, ac yna rhywbeth oedd yn swnio'n debyg i sgarmes. Cododd y tri dyn, y chwaraewr gitâr yn gadael ei offeryn ar y llawr, ond cododd Bedwyr ei law.

"Arhoswch lle y'ch chi," dywedodd, y llais cyfeillgar wedi diflannu a thôn awdurdodol yn ei le. "Does gen i ddim diddordeb ynddoch chi, dim ond yn Nathaniel Bryce. Ond os nad y'ch chi'n gadael i ni wneud ein gwaith fe wna i'n siŵr fod hanner gorsaf heddlu Amwythig yn glanio yma a thynnu'r lle'n ddarnau. Nawr, gofynnwch i'ch hunain, y'ch chi wir isie i hynny ddigwydd?"

Edrychodd y tri dyn ar ei gilydd, yn sydyn yn llai hyderus. Yn araf bach eisteddodd y chwaraewr gitâr, a'i ffrindiau yn ei ddilyn.

"Diolch," dywedodd Bedwyr, cyn troi a cherdded allan o'r warws i'r awyr agored. Yno, yng nghanol y tir gwag, hanner ffordd rhwng y warws a'r car, roedd Daf yn eistedd ar gefn dyn oedd yn gwisgo hen grys T a phâr o jîns tyllog. Roedd hwnnw'n gwneud ei orau i wingo ei ffordd yn rhydd, ei freichiau'n troelli ond yn methu cyrraedd y plismon.

"Rhedodd e rownd o'r cefn, syr," galwodd Daf. "Trio dianc, ddwedwn i."

Tynnodd Bedwyr ei baced o M&Ms o'i boced a thaflu llond dwrn i'w geg, cyn cerdded draw at y ffrwgwd, lle roedd Daf yn gwneud ei orau i gael y cyffion ar arddyrnau'r dyn.

"Nathaniel," cyfarchodd Bedwyr. "Dwyt ti ddim yn fy nghofio i, mae'n siŵr. Ditectif Bedwyr Campbell, Heddlu Dyfed Powys.

Nawr, mae Sarjant Parker fan hyn yn ddyn ifanc, heini, a dwi'n hen ac yn bell dros ugain stôn. Os nad wyt ti'n aros yn llonydd i ni gael sgwrs gyda ti bydd rhaid i fi eistedd ar dy gefn di hefyd. A dwi ddim yn meddwl y byset ti'n mwynhau hynna rhyw lawer."

13

Fore trannoeth, wedi'r siwrnai i Amwythig, cyrhaeddodd Bedwyr orsaf yr heddlu am wyth o'r gloch, ar ôl galw am frecwast cynnar a hyfryd o seimllyd o Gaffi Tony. Yno'n aros amdano roedd Daf, yn eistedd wrth ei ddesg yn yr ystafell dditectifs ac yn amlwg ar bigau'r drain.

"Bore da, Daf," cyfarchodd Bedwyr. "Sut mae popeth yn edrych?"

Cododd Daf ar ei draed gyda sawl taflen o bapur yn ei law.

"Mae'r doctor wedi edrych ar Bryce, ac mae'n hapus ei fod e'n barod i gael ei gyfweld," dywedodd, gan estyn yr adroddiad meddygol i Bedwyr. "Dim anafiadau, ond am gwpwl o grafiadau pan wnes i ei ddal e'n rhedeg i ffwrdd ddoe. A dim i awgrymu ei fod e ar unrhyw gyffuriau. Mae e'n aros amdanon ni yn Ystafell Gyfweld 3."

"Hyfryd," atebodd Bedwyr. Edrychodd ar ei watsh, ac yna ar y cloc ar y wal. "Ewn ni mewn, 'te?"

Arweiniodd Daf y ffordd i'r ystafell gyfweld,

gan agor y drws i Bedwyr fynd i mewn gyntaf.

"Nathaniel," dywedodd Bedwyr wrth eistedd, fel petai'n cyfarch hen ffrind. "Sut wyt ti? Gest ti gynnig brecwast, gobeithio? Mae'r ffreutur yn gwneud un da, alla i dy sicrhau di."

Cododd Nathaniel Bryce ei ben i edrych ar y ddau blismon gyferbyn ag e. Roedd ganddo grafiad coch ar ei foch, ac roedd ei wallt seimllyd du yn hongian dros ei lygaid, ond y peth mwyaf amlwg sylwodd Bedwyr amdano oedd y blinder yn ei lygaid.

Gwthiodd Daf dâp casét i system recordio'r ystafell.

"Cyfweliad gyda Nathaniel Bryce," cyhoeddodd. "Deg munud wedi wyth ar yr 20fed o Ionawr, 2024. Mae Mr Bryce, Ditectif Bedwyr Campbell a fi, Sarjant Daf Parker, yn y cyfweliad. Mae Mr Bryce wedi gwrthod y cynnig am gyfreithiwr."

"Wel 'te, Nathaniel," dywedodd Bedwyr, gan bwyso'n ôl yn ei gadair. "Dyma'r sefyllfa. Echddoe wnaeth rhywun sy'n edrych yn debyg iawn i ti gerdded i mewn i oriel ym Mangor a chynnig gwerthu llun – yn benodol, *Tywyllwch y Fflamau* gan Maritje den Haan. Nawr, fel wyt ti'n gwybod, mae'r llun yna wedi bod ar goll ers deg mlynedd ar ôl iddo gael ei ddwyn o dŷ dy gyflogwr di ar y pryd, Montgomery Flitcroft. Yn ystod y lladrad yna fe gafodd Mr Flitcroft ei ladd." Sylwodd Daf fod deigryn wedi dod i lygad Nathaniel Bryce, ond aeth Bedwyr yn ei flaen. "Ddoe fe wnes i a Sarjant Parker fan hyn ddod i chwilio amdanat ti yn Amwythig, a pan wnaethon ni ddod o hyd i ti roedd rhywbeth arall – rhywbeth wnest ti adael ar ôl yn y warws."

Gwyliodd Daf wrth i Bedwyr estyn tu ôl i'w gadair a chodi bag plastig mawr, clir – y math o fag sy'n cael ei ddefnyddio i ddal tystiolaeth. Yn y bag roedd llun mewn ffrâm o ferch ifanc yn cael ei llosgi ar goelcerth.

"Fe wnaethon ni ddarganfod hwn yn hen warws Pickles Furniture, yn dy stafell di," aeth Bedwyr yn ei flaen. "Ry'n ni wedi dod o hyd i dy olion bysedd di drosto fe'n barod, ac yn aros i arbenigwyr i gadarnhau taw hwn yw'r *Tywyllwch y Fflamau* go iawn. Ac os byddan nhw'n cadarnhau hynny, wel… bydd bysedd yn cael eu pwyntio atat ti am farwolaeth Montgomery Flitcroft." Oedodd Bedwyr, gan edrych ar Nathaniel Bryce, oedd yn syllu ar y llun. "Dyma dy gyfle i roi dy ochr di o'r stori," dywedodd.

Roedd yr ystafell yn dawel am dipyn. Gwnaeth Bryce ddim arwydd ei fod wedi deall yr hyn roedd Bedwyr yn ei ddweud, nac wedi ei glywed, hyd yn oed, dim ond syllu ar y llun o'i flaen. Pasiodd munud gyfan, ac yna funud arall, heb i unrhyw un ddweud gair.

"Gas gen i'r llun yna," mwmiodd Bryce o'r diwedd, gan edrych i ffwrdd. "Mae'n afiach. Nid am fod y ferch mewn poen, ond bod yr holl bobl yn sefyll o'i chwmpas, yn gwneud dim i'w helpu. Mae'n dangos y gwaetha o'r ddynol ryw." Stopiodd i godi ei gwpan o ddŵr, ac yna ei osod i lawr heb yfed dim. "Wnes i geisio perswadio Monty i beidio'i brynu fe. O bob llun yn y byd, pam hwnna? Pam ddim rhywbeth sy'n dangos prydferthwch? Cariad? Gobaith? Unrhyw beth ond dioddef."

Edrychodd Nathaniel i lygaid Bedwyr, ac yna ar Daf, ei olwg yn symud yn ôl ac ymlaen rhwng y ddau.

"O'ch chi'n gwybod bod 'na felltith ar y llun?" gofynnodd. "Mae pob un perchennog – pob un – wedi dioddef tra bod y llun yn ei eiddo. Marwolaeth, salwch, trychineb – dyna sy'n dilyn y llun. Fe brynodd Monty'r llun o gasgliad preifat dyn o'r enw Terence Blink, a laddodd ei hunan ar ôl i'w ferch fach saith mlwydd oed farw yn ei bwll nofio. Cyn hynny roedd e mewn amgueddfa yn Pennsylvania, ac fe losgodd honno i'r llawr, er bod *Tywyllwch y Fflamau* heb ei ddifrodi o gwbl. Ewch yn ôl, ac yn ôl eto, a does dim byd ond dagrau a dioddef."

Gwthiodd Bryce ei ddwylo trwy ei wallt, gan ei dynnu'n dynn.

"Hyd yn oed nawr, heddi... ar bapur, fi yw perchennog y llun diawledig yna. Roedd popeth yn mynd yn iawn cyn hynny. Roedd gen i fywyd da, merch oedd yn fy ngharu i, ac am y tro cynta mewn amser hir ro'n i'n hapus. Ond wedyn dyma Monty'n marw, a finne'n etifeddu'r... *peth* yna. Ac edrychwch arna i nawr. Dim prydferthwch. Dim cariad. Dim gobaith. Dim ond dioddef."

Disgynnodd deigryn o lygaid Bryce ar y bwrdd, a gwyliodd y ddau blismon wrth i'w gorff gyrlio, fel balŵn yn gwagio.

"Nathaniel," dywedodd Bedwyr yn garedig. "Gwed beth ddigwyddodd y noson yna, pan fuodd Montgomery Flitcroft farw."

Arhosodd Daf am ateb, yn dal ei anadl.

"Dwi... dwi ddim yn gwybod," atebodd Bryce mewn llais gwan. "Do'n i ddim yna. Wnes i ddweud hyn ar y pryd. A fyswn i byth,

byth wedi brifo Monty. Ro'n i'n meddwl y byd ohono fe."

Edrychodd Daf a Bedwyr ar ei gilydd mewn penbleth.

"Ond Nathaniel, sut gest ti afael ar y llun 'te?" gofynnodd Bedwyr. "Fe ddiflannodd e ar y noson gafodd Montgomery Flitcroft ei ladd."

Yn sydyn, eisteddodd Bryce yn syth yn ei sedd, a dod â'i ddwylo i lawr ar y ddesg o'i flaen gyda bang uchel. Gwnaeth y symudiad a'r sŵn sydyn i Daf neidio.

"Dy'ch chi ddim yn deall!" gwaeddodd Bryce. "Ers y noson yna, pan wnes i etifeddu *Tywyllwch y Fflamau*, mae 'mywyd i wedi mynd ar chwâl. Dyna pryd dechreuodd popeth – y sibrydion, yr amheuon, y siarad tu ôl i 'nghefn i. Aeth popeth o'i le rhwng Betsi a fi. Tase'r llun heb ddiflannu fyddwn i wedi gallu ei werthu fe, neu ei chwalu fe – unrhyw beth i gael gwared ohono fe. Ond roedd e'n cuddio yn rhywle, yn dal i ddinistrio 'mywyd i, a doedd dim byd y gallwn i wneud am y peth. Dim byd! A wedyn, ges i syniad. Beth os byddwn i'n gallu cael gwared ohono fe mewn ffordd... symbolig. Gwneud copi fyddai'n twyllo pawb, copi fyddai rhywun yn fodlon prynu. Falle, falle, falle, falle fydde hynna'n ddigon i basio'r felltith mlaen i rywun arall. Falle fydde *Tywyllwch y Fflamau* yn gadael llonydd i fi wedyn, o'r diwedd."

A gyda hynny rhoddodd Nathaniel Bryce ei ben yn ei ddwylo a dechrau wylo'n dawel.

14

"Y'ch chi'n meddwl ei fod e'n dweud y gwir?" gofynnodd Daf. Roedd yn sefyll ar bwys desg Bedwyr Campbell, yn gwylio'r ditectif hŷn yn cnoi ar sosej rôl o'r ffreutur wrth astudio sgrin ei gyfrifiadur. "Yr holl stwff 'na am y felltith ar y llun. Ai rhaffu celwyddau ma fe?"

"Na," atebodd Bedwyr, gan droi ei sgrin fel bod Daf yn gallu ei gweld. Arni roedd erthygl papur newydd, gyda'r pennawd 'Tywyllwch tu hwnt i'r Fflamau'. "Nawr dwi'n cofio hyn," aeth Bedwyr yn ei flaen. "Yn un o'r tabloids oedd hwn. Stori dudalen flaen am hanes y llun, yn yr wythnosau ar ôl i Montgomery Flitcroft gael ei ladd. Mae'r cwbl ddwedodd Bryce yn hwn – hunanladdiad Terence Blink, a'r amgueddfa yn llosgi i lawr, a thipyn mwy. Roedd un o berchnogion y llun ar y *Titanic*, a phlentyn un arall wedi ei ladd yn yr Ail Ryfel Byd. Wrth gwrs, fe wnaethon ni anwybyddu'r peth ar y pryd – dim byd mwy na gwasg y gwter yn chwilio am stori. Ond dydi hynny ddim yn meddwl nad oedd Bryce yn ei chredu hi."

Darllenodd Daf y stori gyfan yn ofalus, cyn troi at Bedwyr eto.

"Felly... ma'r llun sydd gyda ni fan hyn yn un ffug?" gofynnodd. "Un wnaeth Bryce beintio ei hunan?"

"Wel, ry'n ni'n gwybod ei fod e'n arlunydd dawnus," atebodd Bedwyr. "Ac fe wnaethon ni ddod o hyd i ddefnydd peintio, cynfasau a brwshys ac ati, yn y warws. Mae'n bosib ei fod e'n dweud y gwir, ond fyddwn ni ddim yn siŵr tan i ni gael barn arbenigwr." Edrychodd dros ysgwydd Daf wrth glywed rhywun yn cerdded drwy'r drws i'r ystafell dditectifs. "A dyma ni, ar y gair."

Yn croesi'r ystafell yng nghwmni Casi-Ann Morgan roedd dyn bach, ffyslyd yr olwg, gyda phâr bach o sbectol drwchus yn eistedd ar ei drwyn, a barf *goatee* taclus oddi tano. Hwn oedd yr Athro Pritchard Beynon-Jenkins o'r Oriel Genedlaethol yn Llundain, ac un o arbenigwyr mwyaf y byd ar luniau Maritje den Haan. Roedd wedi cyrraedd Aberystwyth yn gynnar y bore hwnnw i astudio'r llun ddaeth o warws Pickles Furniture y diwrnod cynt, yn y gobaith o gadarnhau fod *Tywyllwch y Fflamau* wedi ei ddarganfod unwaith eto.

"Ditectif Campbell, Sarjant Parker," cyflwynodd Casi-Ann. "Dyma'r Athro Beynon-Jenkins, sydd wedi cael y cyfle bellach i astudio'r—"

"Mae'r llun yn ffug," torrodd y dyn bach ar ei thraws, gan dynnu ei sbectol a'i sychu ar hances boced. "Mae'n un da, yn ddigon da i dwyllo bron unrhyw un. Ond dwi'n sicr ei fod yn ffug. Gant y cant."

"Sut allwch chi fod mor siŵr?" gofynnodd Daf.

Ochneidiodd yr Athro, gan osod ei sbectol yn ôl ar ei drwyn.

"Am fy mod i wedi astudio gwaith den Haan yn ddyddiol ers degawdau," atebodd. "Dwi'n adnabod yr arddull, y defnydd o liwiau, y ffordd roedd ei llaw hi'n trin y cynfas. Roedd y person wnaeth y copi yma yn artist da, mae hynny'n bendant, ond nid llun Maritje den Haan mohono, mae arna i ofn."

Aeth y sgwrs yn ei blaen am funud neu ddwy ond doedd gan Beynon-Jenkins ddim rhyw lawer i'w ychwanegu at yr hyn roedd eisoes wedi ei ddweud, cyn iddo edrych ar ei watsh a mynnu ei fod angen cychwyn 'nôl am Lundain. Fe ddiolchodd Casi-Ann Morgan i'r arbenigwr am ei amser, ac ymddiheuro am ei siwrnai wast. Wrth iddo adael trodd Bedwyr a Daf i edrych ar ei gilydd eto.

15

"Wel, roeddet ti'n dweud y gwir, Nathaniel," dywedodd Bedwyr. "Mae'n harbenigwr ni wedi cadarnhau taw copi yw'r llun."

Roedd y tri yn eistedd o gwmpas y ddesg yn Ystafell Gyfweld 3 unwaith eto.

"Ga i fynd nawr 'te?" gofynnodd Bryce, ond roedd ei lais yn awgrymu nad oedd rhyw lawer o ots ganddo beth oedd yn digwydd nesaf.

"Ddim eto, Nathaniel," atebodd Bedwyr. "Falle nad ti wnaeth ddwyn y llun gwreiddiol, ond mi wnest ti drio twyllo Oriel Bangor, ac mae hynny yn erbyn y gyfraith. Ond ga i ofyn – pam mynd yr holl ffordd i Fangor i werthu'r llun? Does dim llefydd addas yn agosach i Amwythig?"

Gyda'i lygaid yn dal i syllu ar y bwrdd o'i flaen cododd Bryce ei ysgwyddau.

"Ma pobol yn nabod fi yn Amwythig," esboniodd. "Roedd Bangor yn teimlo'n ddigon pell i ffwrdd."

Meddyliodd Bedwyr am hyn am dipyn, cyn penderfynu ei fod yn derbyn yr esboniad.

"Bydd yn rhaid i ni aros i weld a fydd Mr

Cadwaladr o Oriel Bangor eisiau cymryd y mater yma'n bellach," dywedodd ar ôl tipyn. "Ond ga i ofyn i ti, Nathaniel – dros y blynyddoedd diwetha yma, oes unrhyw beth arall wedi dy daro di ynglŷn â marwolaeth Montgomery Flitcroft? Mi oeddet ti'n agos ato fe, yn amlwg; mae'n rhaid dy fod di wedi mynd dros y peth yn dy feddwl ganwaith. Mae'n siŵr dy fod di mor awyddus â ni i ddal y person laddodd e."

Ochneidiodd Nathaniel Bryce yn ddwfn.

"Na, dim byd," atebodd. "Gwrandwch, roedd gan Monty ei feiau, dwi'n derbyn hynna. Roedd e'n dynn iawn gyda'i arian, ac roedd e'n gallu bod yn anodd. Ond does neb yn haeddu marw fel'na." Oedodd am dipyn cyn mynd ymlaen. "Fe alla i gofio popeth am y bore yna o hyd. Roedd popeth mor normal. Wnes i gyrraedd y tŷ ryw ddeg munud yn hwyrach na'r arfer – ro'n i wedi bod allan y noson cynt, ac wedi cysgu'n hwyr. Roedd y drws ar gau, a wnes i ddefnyddio'n allwedd i'w agor e, a mynd yn syth i'r oriel. Dyna beth fydde fe'n galw'r stafell fyw, a dyna lle roedd y rhan fwyaf o'i gasgliad. Bydde fe 'na am oriau, yn gwneud dim ond eistedd yn dawel a mwynhau'r lluniau. A dyna lle roedd e, yn gorwedd wyneb i lawr ar y llawr. Roedd cefn ei ben wedi... wedi chwalu. Roedd gwaed ym mhob man. Es i ato fe, a galw'i enw. Ro'n i isie gwneud rhywbeth, isie helpu, ond pan wnes i gyffwrdd ag e, roedd e mor oer."

"A doedd dim byd arall?" prociodd Bedwyr yn ofalus wrth i Bryce dawelu am dipyn.

"Na," atebodd. "Wel, roedd y llun diawledig 'na wedi mynd, sylwes i hynna. Roedd Monty yn gorwedd o flaen y wal lle fuodd e'n hongian."

Edrychodd Bedwyr ar Daf. Yn amlwg doedd gan y dyn ifanc ddim i'w ychwanegu.

"Nathaniel," meddai Bedwyr yn dawel. "Dwi'n gwybod fod pethau wedi bod yn anodd i ti dros y blynyddoedd diwetha. Ond mi ddylet ti gofio, er gwaetha popeth, dy fod di wedi gwneud gwahaniaeth i fywyd Montgomery Flitcroft. Mi welodd e rywbeth ynddot ti, a dwi'n siŵr ei fod e'n meddwl cymaint ohonot ti ag oeddet ti ohono fe. Wedi'r cwbl, wnaeth e dy ddewis di i edrych ar ôl yr hyn oedd bwysicaf iddo fe ar ôl iddo fe fynd."

Sychodd Nathaniel ei drwyn gyda chefn ei lawes.

"Fyse well gen i tase fe heb wneud,"

dywedodd yn dawel. "Fyse well gen i tase fe wedi gadael y cwbl i'w..."

Stopiodd yn sydyn, fel petai ar fin dweud rhywbeth na ddylai, ac edrych i fyny'n sydyn.

"I bwy?" gofynnodd Daf, yn synhwyro bod Nathaniel yn cadw rhywbeth iddo'i hun.

"Dim byd," daeth yr ateb.

"Nathaniel," dywedodd Daf, ar ôl rhoi moment o dawelwch iddo feddwl. "Os oes rhywbeth dwyt ti heb ddweud, nawr yw'r amser i'w rannu. Mi alle fe fod yn bwysig."

Eisteddodd Bryce am dipyn, yn cnoi ewin ei fawd, cyn ochneidio eto.

"Does dim ots nawr," meddai o'r diwedd. "Dyw e ddim yn bwysig. Dim ond fod gan Monty nith, dyna i gyd. Merch ei frawd. Dwi ddim yn cofio'i henw hi."

Pwysodd Bedwyr ymlaen yn ei gadair.

"Nith?" gofynnodd. "Ddwedodd neb fod gan Flitcroft deulu."

"Do'n i ddim yn gwybod chwaith," atebodd Bryce. "Ddim tan rhyw chwe mis cyn iddo fe farw. Fi oedd yn gyfrifol am agor y post, chi'n gweld, a daeth llythyr iddo fe wrth ei nith, yn dweud fod ei thad, brawd Monty, wedi marw."

"A beth oedd ymateb Mr Flitcroft i hynny?" gofynnodd Daf.

"Roedd e'n grac," dywedodd Bryce. "Yn gandryll. O beth wnes i ddeall roedd e a'i frawd wedi cael rhyw ffrae fawr flynyddoedd cynt, a heb siarad ers hynny. Doedd ganddo fe ddim syniad fod ganddo fe nith, hyd yn oed. Ond roedd e'n flin iawn ei bod hi wedi cysylltu. Daeth dau lythyr arall wedi hynny, dwi'n meddwl, ac fe wnaeth e ymateb yn yr un ffordd – rhwygo'r llythyr yn ddarnau, a dweud ei fod e ddim isie clywed mwy am y peth."

"A wnest ti ddim meddwl sôn am hyn cyn nawr?" gofynnodd Bedwyr, gyda thipyn o fin yn ei lais erbyn hyn.

"Na. Wel, do, ond..." straffaglodd Nathaniel i roi trefn ar ei eiriau. "Do'n nhw ddim yn rhan o'i fywyd, a doedd Monty ddim yn eu hystyried nhw'n deulu – heb gwrdd â'r ferch, hyd yn oed. Fe stopiodd y llythyron fisoedd cyn i Monty farw, a beth bynnag, wnes i addo y byddwn i ddim yn dweud mwy am y peth a... wel, do'n i ddim isie torri fy ngair," gorffennodd yn gloff.

"Beth oedd eu henwau nhw?" gofynnodd Daf, gan godi ei bensel o'r ddesg. "Y brawd a'r nith?"

"Fel ddwedes i, dwi ddim yn cofio enw'r ferch," atebodd Nathaniel yn dawel. "Ond dwi'n meddwl taw enw'i thad hi, brawd Monty, oedd Edwin."

16

"Elin Flitcroft," dywedodd Daf, wrth syllu ar sgrin ei gyfrifiadur. "Merch Edwin a Mari Flitcroft – Mari Lyons cyn iddi briodi. Dyna'r unig Edwin Flitcroft yn y system, a buodd e farw mis Gorffennaf 2013, chwe mis cyn i'w frawd gael ei ladd. Mae'n rhaid taw Elin yw nith Montgomery."

Ddaeth dim ymateb gan Bedwyr, a phan edrychodd i gyfeiriad ei ddesg gwelodd Daf ei fod yn eistedd yn llonydd gyda'i lygaid ar gau.

"Syr?" gofynnodd yn dawel, yn amau fod y ditectif wedi syrthio i gysgu.

"Elin Flitcroft," dywedodd Bedwyr, gan agor ei lygaid yn sydyn. "A... beth ddwedest ti? Mari Lyons?" Trodd yn ei gadair i wynebu sgrin ei gyfrifiadur a dechrau teipio'n frysiog. Cododd Daf o'i sedd a symud yn agosach, gan edrych dros ysgwydd ei fòs. Roedd yn chwilio drwy'r dogfennau'n ymwneud ag achos marwolaeth Montgomery Flitcroft, yn benodol y datganiadau gan rheini oedd yn ei adnabod.

"Edrych," dywedodd Bedwyr, gan bwyntio at enw ar y sgrin. "Glanhawraig Flitcroft. Yr un oedd ar wyliau pan gafodd ei ladd."

Darllenodd Daf yr enw yn uchel.

"Miss Sally Lyons."

17

"Sally? Ma ganddoch chi ymwelwyr," dywedodd y nyrs.

Trodd yr hen ddynes yn ei chadair a gwenu'n llydan. Er bod yr ystafell yn gynnes roedd hi'n gwisgo cardigan wlân, ac roedd blanced drwchus dros ei choesau.

"Wel, wel," dywedodd, wrth edrych ar Bedwyr a Daf. "Dau ymwelydd! Anaml iawn bydda i'n cael un!"

"O, dewch nawr, Sally, bydd eich nith chi'n dod i'ch gweld chi pan gallith hi." Trodd y nyrs at y ddau heddwas. "Wna i adael llonydd i chi."

Gwyliodd Sally Lyons y nyrs yn cerdded i ffwrdd, cyn estyn dan ei blanced a thynnu peiriant *vape* a sugno arno. Pesychodd am dipyn, cyn rhoi'r peiriant yn ôl yn ei guddfan a chodi bys i'w gwefusau.

"Dwi ddim i fod i fêpio," sibrydodd. "Ond duw, wneith e ddim mwy o ddrwg nag sy 'di'i wneud yn barod." Tapiodd ei brest. "Cancr ar yr ysgyfaint. Dyna gei di am smocio am ddeugain mlynedd." Gwenodd eto ar y ddau ddyn. "Ond ta waeth am hynny, sut alla i'ch helpu chi?"

"Y'ch chi'n fy nghofio i, Miss Lyons?" gofynnodd Bedwyr, gan dynnu cadair yn agosach ac eistedd, tra bod Daf yn aros ar ei draed. "Bedwyr Campbell dwi, ro'n i'n gweithio ar achos marwolaeth eich cyflogwr chi, Montgomery Flitcroft?"

Fflachiodd rhyw olwg ryfedd dros wyneb yr hen ddynes, cyn iddi ddiflannu eto.

"O... ie, dwi'n eich cofio chi," atebodd. "Ry'ch chi'n fwy na dwi'n eich cofio chi!"

Gwenodd Bedwyr arni.

"Ydw, mae'n siŵr 'mod i," dywedodd. "Gwrandwch, wnawn ni ddim eich cadw chi'n hir. Isie gofyn i chi o'n ni am yr hen achos. Fydde hynny'n iawn?"

"Wel... bydd, os alla i helpu," dywedodd Sally, gan oedi rhyw ychydig. "Ond roedd e'n amser hir yn ôl, a dyw 'nghof i ddim cystel erbyn hyn."

"Ie, dwi'n deall hynny," atebodd Bedwyr yn garedig. "Ond, welwch chi, ry'n ni wedi dod ar draws gwybodaeth newydd yn ddiweddar. Gwybodaeth yn ymwneud â chi... a'ch cysylltiad teuluol chi gyda Mr Flitcroft."

"Cysylltiad teuluol?" gofynnodd yr hen

ddynes. "Na, mae arna i ofn eich bod chi'n anghywir. Glanhau iddo fe, dyna o'n i'n ei wneud."

Sythodd Bedwyr ei dei cyn mynd ymlaen.

"Oeddech, mi oeddech chi'n glanhau. Ond ry'n ni wedi dysgu heddiw fod eich chwaer chi, Mari Lyons, ac Edwin, brawd Mr Flitcroft, yn briod. Roedd e'n frawd i'ch brawd yng nghyfraith chi."

Syllodd Sally Lyons ar y ddau dditectif am dipyn cyn codi ei hysgwyddau.

"Ie, iawn. Roedd e'n perthyn, er, doedd Montgomery ddim yn gwybod hynny," atebodd. "A dwi'n cymryd taw'ch cwestiwn nesa chi fydd a oedd gen i unrhyw beth i'w wneud â'i farwolaeth e? Wel, gadewch i fi arbed amser i chi. Does gen i ddim digon o amser ar ôl i'w dreulio'n dweud celwydd. Ie, fi laddodd e. Roedd e'n afiach o ddyn, ac mae'r byd yn lle gwell hebddo fe. Dwi'n cyfaddef, ond wna i ddim ymddiheuro."

Edrychodd Daf ar Bedwyr yn syn, ond cadwodd hwnnw ei sylw ar y ddynes yn y gadair.

"Allwch chi esbonio pam?" gofynnodd. "Beth wnaeth achosi i chi ei ladd e?"

Ochneidiodd Sally, ac estyn eto am y peiriant

vape. Ar ôl cymryd llond ysgyfaint o'r mwg a'i adael allan gan beswch, eisteddodd yn ôl yn ei chadair.

"Roedd Montgomery yn ddyn haerllug, hunanol," dywedodd. "Ond roedd Edwin, ei frawd, yn hyfryd. Dyn caredig, ffyddlon. Roedd Mari, fy chwaer, yn lwcus i'w briodi fe." Oedodd am eiliad, fel petai'n cofio'r dyddiau da yn eu cwmni. "Beth bynnag, roedd Montgomery ac Edwin yn dod o deulu cyfoethog. Pan fuodd eu tad nhw farw fe gafodd y ddau gryn dipyn o arian, ond perswadiodd Montgomery Edwin i fuddsoddi ei ran e o'r arian yn ei fusnes delio lluniau. Roedd y busnes yn llwyddiannus, ond yn rhyfedd, doedd byth digon o elw i dalu'r arian 'nôl i Edwin."

Daeth y peiriant *vape* allan eto, a thynnodd Sally arno'n galed.

"Ta waeth, roedd Edwin yn gweithio'n galed, ac roedd e a Mari yn hapus. Yna fe syrthiodd Mari yn feichiog gydag Elin. Roedd y ddau wrth eu boddau, ond roedd yr enedigaeth yn un gymhleth. Fe fuodd Mari farw." Daeth deigryn i lygad Sally wrth ddweud hyn, ond aeth yn ei blaen. "O hynny mlaen fe aeth pethau'n anoddach. Roedd Edwin yn diodde o iselder, ac roedd y straen o fagu plentyn ar ei ben ei hunan yn dweud arno. Fe wnes i gymaint ag y gallwn i, wrth gwrs, ond Mari oedd Edwin eisiau go iawn. Dro ar ôl tro fe wrthododd Montgomery roi ceiniog iddyn nhw, er taw Edwin oedd wedi talu am ei lwyddiant e. Yn y diwedd fe aeth hi'n ffrae rhwng y ddau frawd a gwrthododd Montgomery siarad ag Edwin byth eto. Wel, fe straffaglodd mlaen, ac fe dyfodd Elin yn ddynes hyfryd. Ond wnaeth y blynyddoedd adael eu hôl ar Edwin druan, a rhyw ddeg mlynedd yn ôl, fe fuodd e farw. A wyddoch chi be? Gwrthododd Montgomery ddod i'r angladd, hyd yn oed. Fe wnaeth Elin erfyn arno am dipyn bach o arian i brynu carreg fedd iawn i'w thad, ond wnaeth e ddim ymateb, hyd yn oed. A'r holl arian oedd gydag e!"

Erbyn hyn roedd lliw coch wedi dod i fochau Sally Lyons, ac roedd ei hanadl yn fyr.

"Wel, ges i ddigon. Does gen i ddim teulu fy hun, a'r cwbl ro'n i eisiau oedd i Elin fod yn hapus. Wnes i symud i Aberystwyth ond do'n i ddim yn gwybod beth ro'n i'n mynd i'w wneud eto. Ar ôl tipyn glywes i fod Montgomery yn chwilio am lanhawraig, ac fe wnes i'n siŵr 'mod i'n cael y swydd. Ac yna, un noson, dyma fi'n cymryd fy allwedd i a mynd i'w dŷ. Ro'n i eisiau cymryd rhywbeth oedd yn bwysig iddo, rhywbeth y byddwn i'n gallu ei werthu a rhoi'r arian i Elin. Ond roedd e yna, ac mi aeth hi'n ffrae, a wnes i ei fwrw fe. A dwi'n gwybod y dylwn i deimlo'n euog, ond chi'n gwybod beth? Dwi ddim. Dim o gwbl."

Stopiodd i edrych ar Bedwyr.

"A dyna ni. Beth nawr 'te, Ditectif Campbell? Y'ch chi'n mynd i'n harestio i, 'ta beth? Gwnewch be liciwch chi. Fydda i ddim o gwmpas lot hirach."

Edrychodd Bedwyr arni am dipyn cyn gofyn cwestiwn.

"Beth ddigwyddodd i'r llun, Miss Lyons? Yr un gafodd ei ddwyn?"

"Y llun? Wel... werthes i fe," atebodd yr hen ddynes.

"I bwy? Pryd? A sut?" gofynnodd Bedwyr yn syth.

Agorodd Sally Lyons ei cheg i ateb, a'i gau eto'n syth, wrth iddi chwilio am ateb.

"A sut aethoch chi i dŷ Mr Flitcroft," aeth Bedwyr yn ei flaen, "pan oedd hanner cant o bobl ar drip Clwb Henoed Ceredigion yn taeru eich bod chi yn Efrog ar y noson cafodd e 'i ladd?"

Edrychodd Sally Lyons arno'n heriol, ond heb gynnig ateb i'w gwestiynau.

"Dwi'n deall pam eich bod chi mor awyddus i gymryd y bai," dywedodd Bedwyr ar ôl saib hir. "Ond nid chi aeth i gartre Montgomery Flitcroft y noson honno, Miss Lyons. Rhywun arall – rhywun oedd wedi benthyg eich allwedd chi. Rhywun oedd â'r un casineb â chi tuag at Flitcroft. Rhywun oedd yn teimlo ei fod wedi trin ei frawd Edwin yn uffernol o wael, ac wedi arwain yn uniongyrchol at ei farwolaeth. Rhywun oedd yn rhan o'r cynllun yma ers y cychwyn. Rhywun oedd, cymaint â chi, isie dysgu gwers i Montgomery Flitcroft, un na fydde fe fyth yn ei hanghofio. Merch Edwin. Eich nith chi. Elin Flitcroft."

18

ARHOSODD BEDWYR A DAF gyda Sally Lyons nes bod heddlu Bryste wedi cyrraedd cartref Elin Flitcroft a'i harestio. Yn ôl adroddiad y ddau gwnstabl aeth i'w chartref, gwrandawodd Miss Flitcroft yn bwyllog ar y cyhuddiadau yn ei herbyn, cyn cyfaddef taw ie, hi oedd yn gyfrifol am farwolaeth Montgomery Flitcroft, ac am ddwyn *Tywyllwch y Fflamau*. Arweiniodd y plismyn i ystafell fyw ei bwthyn bychan a dangosodd y llun yn hongian ar y wal uwchben y lle tân.

Fe'i cadwyd yng ngorsaf heddlu Bryste dros nos cyn ei gyrru i Aberystwyth, i gael ei chyfweld gan Bedwyr a Daf.

Pan gerddodd y ddau heddwas i Ystafell Gyfweld 3, yr un ystafell lle cafodd Nathaniel Bryce ei holi ddiwrnod ynghynt, roedd Elin Flitcroft yn eistedd gyda'i chyfreithiwr, ei chefn yn syth a'i breichiau'n gorffwys ar y bwrdd o'i blaen. Yn ôl y cofnodion roedd hi'n chwe deg un oed, ond roedd yn edrych yn agosach at oed ei modryb, ei gwallt llwyd yn disgyn yn flêr am ei hysgwyddau a rhychau dwfn ar ei thalcen.

"Miss Flitcroft," cyfarchodd Bedwyr. "Ga i'ch galw chi'n Elin?"

"Cewch siŵr," daeth yr ateb yn syth. "Beth ddylwn i'ch galw chi?"

"Ditectif Bedwyr Campbell ydw i," atebodd Bedwyr. "A dyma Sarjant Daf Parker."

"Bedwyr a Daf 'te," dywedodd Elin, gyda gwên ar ei hwyneb.

Gwthiodd Daf y casét i'r peiriant unwaith eto, a dechrau recordio.

"Cyfweliad gydag Elin Flitcroft," cyhoeddodd. "Naw o'r gloch ar yr 21ain o Ionawr, 2024. Yn bresennol mae Miss Flitcroft, Ditectif Bedwyr Campbell a Sarjant Daf Parker. Hefyd yn bresennol mae cyfreithiwr Miss Flitcroft."

"Gregory James," cyhoeddodd y cyfreithiwr. "A chyn i ni fynd dim pellach, rydw i wedi rhoi cyngor i Miss Flitcroft ac wedi argymell nad ydi hi'n ateb eich cwestiynau. Mae Miss Flitcroft yn bwriadu mynd yn erbyn y cyngor yma, ond hoffwn ei hargymell unwaith eto, cyn i ni gychwyn."

"Diolch, Mr James," dywedodd Bedwyr. "Miss Flitcroft, y'ch chi'n hapus i fynd mlaen?"

"Ydw," atebodd hithau. "Yn berffaith

hapus. Ond er mwyn arbed amser, gadewch i mi ddweud hyn yn gynta. Fi laddodd yr hen ddiawl yna. Do'n i ddim wedi bwriadu gwneud, wrth gwrs. Y syniad oedd i fynd i'r tŷ a dwyn *Tywyllwch y Fflamau*, a diflannu."

"Unwaith eto, mae'n rhaid i mi argymell..." torrodd y cyfreithiwr ar ei thraws, ond cododd Elin Flitcroft ei llaw i'w dawelu.

"O, bydd dawel, Gregory," dwrdiodd. "Lle o'n i? O, ie. Ges i fenthyg allwedd Anti Sally, a gwneud yn siŵr ei bod hi'n bell i ffwrdd gyda digon o dystion, fel bod neb yn ei hamau hi. Mi es i i'r tŷ yn hwyr un noson, a gadael fy hun i mewn. Ro'n i'n meddwl y byddai'r hen ddyn yn ei wely, ond dyna lle roedd e, yn eistedd yn y stafell fyw ar ben ei hunan, yn syllu ar ei luniau. A gwelais i *Tywyllwch y Fflamau* yn syth, yn hongian ar y wal. Hwnna oedd yr un ro'n i wedi dod i'w 'nôl."

"Pam oeddech chi isie dwyn *Tywyllwch y Fflamau* yn benodol?" gofynnodd Daf.

Gwenodd Elin Flitcroft cyn ateb.

"Roedd Anti Sally wedi bod yn gwylio Montgomery yn dawel bach," dywedodd. "Fe ddwedodd hi taw hwnna oedd yr un peth roedd e'n ei drysori'n fwy na dim. Ac ro'n i eisiau cymryd y peth yna, mynd â fe, fel na fyddai Montgomery yn gallu ei fwynhau byth eto. Ei gymryd e, a'i hongian e yn fy stafell fyw i, i fi gael edrych arno fe a chofio 'mod i wedi cael y gorau ar Montgomery unwaith ac am byth."

"A beth ddigwyddodd wedyn?" gofynnodd Bedwyr.

"Pan welais i e do'n i ddim yn siŵr beth i'w wneud. Wnaeth e ddim sylwi arna i i gychwyn, a wnes i ystyried dianc a mynd 'nôl rhywbryd eto, ond yn y diwedd gerddais i mewn i'r stafell a chyflwyno fy hunan iddo. 'Fi ydi Elin, merch Edwin,' ddwedes i. Doedd Montgomery ddim yn gwybod beth i'w ddweud, wrth gwrs, ond o fewn dim fe ddechreuodd e weiddi arna i i adael, a bygwth, a dweud y pethe mwya ffiaidd am Dad. A dyna pryd wnes i golli 'nhymer. Y dyn yma, yr un oedd wedi achosi cymaint o boen a diodde i Dad, yn sefyll o 'mlaen i, yn sgrechian arna i. Y dyn wrthododd ddod i angladd ei frawd ei hunan, a gwrthod helpu i brynu carreg fedd, hyd yn oed. Alla i ddim dweud 'mod i wedi meddwl am y peth, go iawn, dim ond ei fwrw fe drosodd a throsodd, gyda'r fflachlamp fawr ro'n i wedi dod gyda fi. A wnes i gario mlaen, hyd yn oed ar ôl iddo fe ddisgyn i'r llawr a stopio symud. Ac yna wnes i godi *Tywyllwch y Fflamau* o'r wal, a cherdded allan."

Eisteddodd Bedwyr a Daf yn ôl yn eu cadeiriau ac ystyried yr hyn roedden nhw newydd glywed. Anaml y byddai rhywun dan amheuaeth yn rhoi cyfaddefiad mor llawn o'i wirfodd.

"A ry'ch chi'n dweud taw'ch bwriad chi oedd dwyn y llun yn unig?" gofynnodd Daf ar ôl tipyn. "Ddim i ymosod ar Mr Flitcroft?"

"Na," atebodd. "Dim ond y llun ro'n i eisiau. Y bwriad oedd y byddai Montgomery yn gorfod edrych ar y lle gwag yna ar y wal bob dydd, yn ceisio dychmygu lle roedd ei drysor e, ac a fyddai e byth yn ei gael 'nôl." Crafodd Elin ei thrwyn. "Mae'n biti ei fod e wedi marw cyn gweld hynny, mewn ffordd. Ond dyna ni. Gwynt teg ar ei ôl e."

Fe aeth y cyfweliad yn ei flaen am bron i dair awr arall, yn mynd dros fanylion yr ymosodiad a'r lladrad sawl gwaith, gydag Elin Flitcroft yn rhoi atebion llawn, parod, er gwaethaf ymdrechion ei chyfreithiwr.

Tua amser cinio cyhoeddodd Bedwyr fod y cyfweliad ar ben am y tro. Gofynnodd i'r cwnstabl oedd yn gwarchod drws yr ystafell i gymryd Elin Flitcroft yn ôl i'w chell, a sicrhau ei bod yn cael rhywbeth i'w fwyta. Yna aeth Bedwyr a Daf i'r ffreutur, ac eistedd wrth fwrdd yn y gornel, gan edrych ar ei gilydd, y naill na'r llall yn gwybod beth i'w ddweud.

"Wel," cychwynnodd Daf, gan dorri ar y tawelwch o'r diwedd. "Beth fydd yn digwydd nawr, chi'n feddwl?"

Chwythodd Bedwyr lond ysgyfaint o aer allan trwy ei ddannedd.

"Mae'n anodd gwybod," atebodd. "Dynladdiad, yn hytrach na llofruddiaeth, os ydi'r rheithgor yn credu ei bod hi wedi mynd i gartre Flitcroft i ddwyn y llun yn unig. Carchar, yn bendant, ac am amser hir."

"A beth am Sally Lyons?" gofynnodd Daf. "Fydd hi'n cael ei chosbi, chi'n feddwl? Wedi'r cwbl, fe wnaeth hi chwarae rhan yn y cynllun hefyd."

Gwenodd Bedwyr, ond roedd golwg drist yn ei lygaid.

"Mae'r achosion yma'n gallu cymryd amser i fynd trwy'r llysoedd," meddai. "Ac fel mae Miss Lyons ei hunan yn dweud, does dim llawer o amser ar ôl ganddi."

Eisteddodd Daf a Bedwyr wrth ystyried hyn am dipyn.

"A *Tywyllwch y Fflamau*?" gofynnodd Daf. "Lle eith hwnnw?"

"Wel, Nathaniel Bryce ydi'r perchennog," atebodd Bedwyr. "Falle bydd angen i ni gadw gafael arno fe fel tystiolaeth tan yr achos llys, ond ar ôl hynny mi geith e'r llun yn ôl." A gyda hynny, cododd Bedwyr o'i gadair. "Ond beth bynnag, gwaith da dros y dyddiau diwetha yma, Daf. Gair o gyngor i ti – mwynha'r llwyddiannau pan ti'n cael y cyfle. Nawr, aros di fan hyn i gadw'r bwrdd, a wna i fynd i 'nôl cinio i ni'n dau."

Ond wrth aros i Bedwyr ddychwelyd, y cwbl oedd yn meddwl Daf oedd y ddelwedd o'r llun bach tywyll – y fflamau'n codi o'r goelcerth, a'r dorf yn sefyll ac yn gwylio'r dioddef a'r boen ar wyneb y ddynes ifanc. A doedd dim ond poen a dioddef wedi dilyn y llun o un perchennog i'r llall, meddyliodd, wrth i gryndod fynd i lawr ei asgwrn cefn.

"Pob lwc i ti, Nathaniel Bryce," dywedodd yn dawel wrtho'i hun. "Mae gen i deimlad y byddi di ei angen e."

Llongyfarchiadau ar gwblhau un o lyfrau Stori Sydyn 2024

Mae prosiect Stori Sydyn, sy'n cynnwys llyfrau bachog a byr, wedi'i gynllunio er mwyn denu darllenwyr yn ôl i'r arfer o ddarllen, a gwneud hynny er pleser. Gobeithiwn, felly, eich bod wedi mwynhau'r llyfr hwn.

Hoffi rhannu?

Gall eich barn chi wneud y prosiect hwn yn well. Nawr eich bod wedi darllen un o lyfrau'r gyfres Stori Sydyn, ewch i www.darllencymru.org.uk i roi eich sylwadau neu defnyddiwch @storisydyn2024 ar Twitter.

Pam dewis y llyfr hwn?

Beth oeddech chi'n ei hoffi am y llyfr?
Beth yw eich barn am y gyfres Stori Sydyn?
Pa Stori Sydyn hoffech chi ei gweld yn y dyfodol?

Beth nesaf?

Nawr eich bod wedi gorffen un llyfr Stori Sydyn – beth am ddarllen un arall? Edrychwch am deitl arall cyfres Stori Sydyn 2024.